不気味で素朴な囲われたきみとぼくの壊れた世界

西尾維新

KODANSHA NOVELS
講談社ノベルス

CONTENTS

007／なまえ欄

021／だいいち問

053／だいに問

087／だいさん問

125／だいよん問

153／だいご問

163／えんでぃんぐ

Book Design Hiroto Kumagai Noriyuki Kamatsu
Cover Design Veia
Illustration TAGRO

No
more
world.

人生に再版があるとすれば、私はどういう風に誤植を直すだろうか。

ジョン・クレア

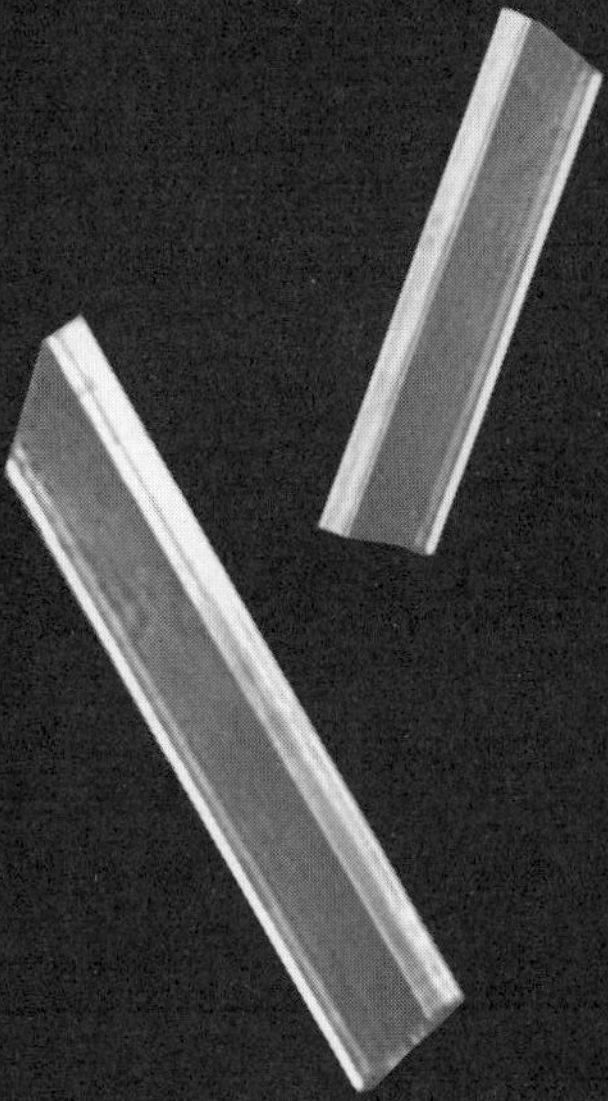

/なまえ欄

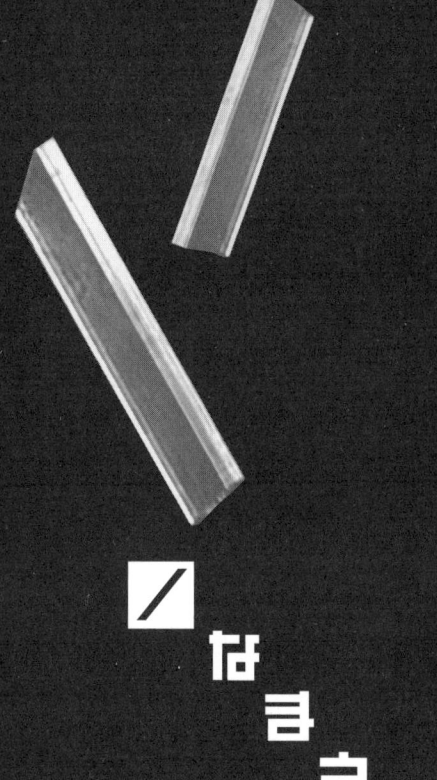

「学校の主役は生徒ではなく先生なのです」

臨時講師として学校法人私立千載女学園に派遣されたわたしに対して臆面もなくそう言ってのけたのは他ならぬ串中《くしなか》先生ではあったけれど、しかしそれが偽りない彼の本音であったなどとは、はばかりながらわたしはまったく考えていない。それは第一に串中先生が会ったばかりのわたしに本音を言うとは思えないからだし、第二に串中先生は誰に対しても本音を言うとは思えないからだ。とは言え、誤解されても困ってしまう、ここでわたしは何も彼が嘘つきだと主張したいわけではない。

実際、彼は嘘つきではなかった。

彼は——言うなれば思いつきだ。

思いつきこそが、彼の全て。

その瞬間瞬間の発想だけが、串中先生の支柱となる何かなのだった。

彼は刹那《せつな》で生きている。

彼は切《せつ》なく。

彼は拙《せつ》なく——生きている。

実際問題、くだんの（問題）発言にしたところで、口にしたまさにその瞬間だけならば、串中先生はそれを自分の本音だと思っていたかもしれない——いや、言ってしまえばわたしはこういう風にも思うのだ。

誰にもわからない彼——誰にもわからない串中弔《ちょ》士《うし》のことを誰よりもわかっていないのは、他ならぬ彼自身ではないのかと。

自分がどういう人間なのか、それを明確に言葉にできる人間がそうそういるとは思えないし、それはたとえばこのわたしにしたところで例外ではなく、愚《おろ》かしくもそんな大層なことは言えた身分ではないのかもしれないが、しかし串中先生の場合は場合が場合で、彼は望んで自ら泥沼の中に足を突っ込んでいるような節がある。

泥沼の中に片足どころか両足を――突っ込んでいる。

否――泥沼の中に住んでいるのか。

底なし沼の底に住んでいるのか。

慇懃《いんぎん》無礼を絵に描いたような馬鹿丁寧な言葉遣いから常にネクタイまで締めた背広姿から、串中先生はどこか紳士然としていて、ジェントルマンぶっていて、確かに教師陣の間でも、あるいは生徒の間でもそのようにとらえられてはいるが、しかしわたしの解釈では、串中先生のその『紳士的』なキャラクターは恐らくはただの演技であって、そして演出であって、彼の現実のキャラクターがもっと違う種類のものだろうことをほぼ確信的に推測している。じゃあそれは一体どんな性格なのかと言われれば、それは付き合いの浅いわたしにははっきりとはわからないのだけれど――付き合いが深かったところで、はっきりとはわからないのだろうけれど。

そして。

きっと串中先生自身には、まるでわからないのだろうけれど。

人間の振りをして生きている、あるいは人間の真似をして生きているという感じだろうか。

そもそも人間という生き物はそういう風にして生きるものであり、両親の真似をし、友人の真似をし、とにかく周囲の人間の真似をして、ゆっくりと自分の人格を形成していくものであり、それはきっと、わたしのような特殊な生い立ちを持つ者でさえその範中なのだろうけれど、しかしその言にのっとって言うならば（そして勝手なことを言わせてもらえるならば）、串中先生はその真似が、恐ろしいほどに下手っぴだった。

ちっとも上手くない。

駄目の駄目駄目駄目――だ。

彼が異質であることは――誰もが理解できる。

それを一目置かれていると、そうポジティブに表現することは可能だが、実際に置かれているのは一目ではなく距離なのだ。

彼は距離を置かれている。

それもかなりの、長距離を。

そういう言い方をすると、ともすれば串中先生が可哀想な立場にいるようにも受け取られてしまうかもしれないが、可哀想という言葉ほど彼に似つかわしくないものはないだろう。およそ何を考えているか知れたものではない串中先生ではあるけれど、しかし間違いなく断言できるのは、彼は本当の意味での劣等感という概念に対し、これまでまるで無縁だっただろうということである。

同情の余地などまるでない。

優れているとか、劣っているとか。

秀でているとか、負けているとか。

そういうことはすべて、彼にとっては言葉の上での解釈でしかないのである。言葉であって、意味ではない。そりゃまあわたしだってそこまで偉そうなことがいえるほどに立派な人間ではないけれど、それでもわたしは、串中先生と比べられたいとは露ほども思わないのだった。悪いけれど、彼と比べられるのは、人として問題がある証拠だと思う。

もっとも。

不思議なことに、もっとも。

一般的に見て、串中先生が評価の高い教師であることは間違いがなかった——生徒受けもいいし、保護者受けもいい。その二点についてよければ、はっきり言ってそれ以上のことはないのだが（あるとすれば、あとは同僚受けくらいか）——紳士然とした態度が受けるのか、それとも女子校的に、串中先生の整った造形が受けているのか、そこまでは果たして定かではないのだが、まあ詰まるところ確かに言えることは、串中先生は人間としてはともかく、教師としては非常に——そして非常識なまでに一流であるということである。

一流と呼ぶのはある種の差別だが。

より遠く、距離を置かれるだけなのだが。

しかしその差別を受ける義務が彼にはある。

学校職員の不祥事に対して、『先生だって、教師である以前に人間なのだ』というような釈明がされることがあるけれど、この定型句が串中先生に限って言うならば通じない。

何故ならば。

串中先生は人でなしでありつつ教師なのである。教師である以前には何者でもない。

掛け値なく——何者でもないのだ。

いや、わたしは別にうまいこと言いたいわけじゃなくて、事実が実際ありのままでそうなだけであり、またそれは、考えてみればとんでもなく、そしてすさまじく恐ろしいことのように思えた。

わたしは一度、串中先生に、どうしてあなたのような人間が教職を志《こころざ》したのかと、訊いてみたことがある。そのときのわたしは、彼が教師向きであるとはまったく思えなかったからだ（今はまったくそうは思っていない——むしろ彼には教師以外のどんな職もつとまらないだろうと思っている）。

そのとき串中先生はこう答えた。

スマイルで。

「多分ぼくは学生気分が抜けないんですよ」

いつも通りの馬鹿丁寧な口調で。

それは幼児にものを教えようとする大人の態度にも似ていた——当たり前のことを懇切に説明しようとしている風。

当たり前ゆえに説明に苦労してる風。

「垢《あか》抜けない、とでも言うんですかね。あなたは自分を日の当たらない小屋の中で飼われた家畜にたとえたことがありますか？　自分が何かに、高い壁や硬い檻やに囲われていると自覚したことはありますか？　人にそう言われたんじゃなく、自分でそう思ったことがありますか？　ぼくは中学生くらいの頃からずっとそう考えていて——今でもそう考えていて——そしてその囲われた壁や檻から外に出られるとは一瞬さえ考えていませんでした。ぼくの世界は、学校の中で完結していたんです。つまり今のぼくは、卒業し損ねてしまった生徒の成れの果てなんですよ——」

卒業。

卒業——し損ねた。

わかったようなわからなかったような話だ。

いや、わかったかわからなかったかで言えば、正直言ってわからない。

わかった気にさえなれず、わかった振りさえできない。

何を言っているんだろう、この人は。

そうとしか思わなかった——それは串中先生と喋っているときには常に持たされる、宿命のような感想なのだけれど。

いつもそうだ。

砂を噛むような会話で、気が付けば煙《けむ》に巻かれている。

深い考えがあるというよりは、なんだか、常にその場をしのぐことしか考えていないかのようでもあった。

瞬間瞬間の発想で生きている——そうなのだ。

あくまで彼は思いつきなのだ。

そして周囲はその思いつきにこそ翻弄《ほんろう》される。

奔放さに翻弄される。

されてしまう。

されて仕舞《しま》い、されて終《しま》う。

ある意味において、臨時教師として派遣されてきたわたしは、千載女学園側にしてみれば体《てい》のいい人《ひと》身御供《みごくう》だったのだと思う——せめて在任期間中は部外者を彼につけておいて、彼の行動を抑制しようとでも考えたのかもしれない。

だとしたら。

だとしたら、心底浅はかと言う他ないが。

串中先生はわたしが抑えられるような男ではない——わたしの元ネタというのならばまだしも、わたしにはそこまでの器はない。

話を戻そう。

串中先生の、教師としての一流さを語るべき場面だったはずだ。

串中先生の担当教科は倫理である――彼のような男が倫理と名のつく科目をいけしゃあしゃあと担当していること自体がわたしにしてみればある種の笑い話なのだが、しかしことは笑い話というだけでは収まらない。

何故ならば（女子校においてはありがちな話ではあるが）千載女学園は宗教系の学校なので、倫理の授業は教えにくい。

というか普通、宗教系の学校で倫理を教えたりはしない――宗教とは、たとえそれがどんなものであれ、道徳教育の側面を持つからだ。

倫理はそれを否定する性格を有する。

複数の宗教を体系的に説明する授業などされてしまっては、学校としての教義に混乱を来たすのである――まあ千載女学園はそこまで宗教色の強い学校ではないし、無宗教と名高い今の時代の日本でそこまで厳密なことをいう必要はないと、部外者のわたしあたりは個人的には思うけれど、しかしそれにしたってそれにしたところで、ある一定のけじめは必要となるだろう。

だが。

串中先生はそのけじめを超越する。

あっさりと超越する。

彼はほんの少しの遠慮もなく、工夫もせず真っ向から倫理の授業を展開するのだった――そしてその上で、何の苦情も出ないのだった。

生徒からも親からも。

教育に携わらない人には、いまいちぴんと来ないような話かもしれないが、果たしてこれがどれほどの異常事態かわかってもらえるだろうか？　別にわたしの目的は串中弔士の異常性を世間に対して広く知らしめることではないので、無理にわかってもらう必要は、それはまあないと言えばないのだが――

それでも、できることならわかっていただきたい。

わたしと気持ちを共有して欲しい。

異常性、という言葉を使用したが、正にその通り、わたしには彼があえて、大した理由もなくあえてそんなリスクを犯しているようにも思える――リスクを求めているようにも思える。

日常ならぬ非日常を。

日常ならぬ異常を。

心から望んでいるように思える。

わたしがそんなことを言えば、

「いやあ、やだなあ。中学生の頃ならいざ知らず、そんな幼稚な思想からくらいは、ぼくはちゃんと卒業しましたよ」

なんて、串中先生はおどけてみせるのだろうけれど――信用なんてなるものか。

そんな屈託のない笑顔ごときに騙されはしない。

そう言えば（これは常々思っていたことというよりも、たった今、ふと気になってしまっただけのことではあるけれど）、串中先生は一体、どういう経緯でどういう経歴をもって、千載女学園に勤めることになったのだろう？

女子校の教師というのは、卒業生が勤めたりするもケースが少なくないそうだが、男性である串中先生が千載女学園の卒業生であるわけもない。男性教師の場合は縁故採用が多いと聞くけれど、どうもそういう感じでもないようだ。

そもそも、彼はこの地域の人間でもないらしい――言葉遣いのイントネーションは恐ろしくフラットなのだが、しかしその特徴のなさ、無個性没個性こそが、その言葉遣いさえ故意に作られた創作物であることを、否応なくわたしにわからせてしまうのである。

もっとも、彼がどういう経緯で採用されたかはともかく、どうして学校側が串中先生を重用《ちょうよう》しているかという理由ははっきりしていた。

どうして倫理教師などという、本来学校的には不必要、場合によっては問題にさえなる科目の担当者を雇っているのか——その理由は明確だった。

串中弔士、二十七歳。

彼は倫理教師を務める傍ら、スクールカウンセラーの真似事も任されているのだった。

いやちょっと待て、串中先生に対して人生相談をするなんて、それは何の冗談だ——冗談きつい、笑えない——と、余所者《よそもの》であるわたしあたりは、それを知ったときに脊髄反射的にそう思ったものだけれど、それはもう、千載女学園においては伝統的な常識であり、口を挟む余地も疑問を挟む余地もないことなのだった。

彼は校舎の隅っこに設置された生徒相談室に陣取って、日々、思春期の真っ只中にある高校生の詮無き悩みに対応しているのである——いやいや。

実際に言葉にしてみると、やっぱりこれは悪質な冗談以外の何物でもない。

ただ——評判はいいらしい。

やはりと言うべきなのか、またしてもと言うべきなのか、評判はいいらしいのだ。

それどころか生徒の間では、串中先生に相談して解決しない悩みはない——とまで言われているそうである。

なんじゃそら。

素で突っ込みたくなった。

だから突っ込んだ。

それ(わたしの突っ込み)に対して串中先生は軽く肩を竦《すく》めて、

「そんなに難しい話じゃないんですけれどねえ」

と答えた。

「自分の悩みを解決するのはともかく、他人の悩みを解決するのは、そこまで難易度の高いゲームじゃないでしょう」

これは誇張のない、彼が口にしたままの台詞《せりふ》である。

彼はゲームと言った。

高校生の悩みを解決することを、ゲームと。

それをただの比喩表現と受け取る向きもあろうが、わたしはそうは受け取らない。

受け取れない。

わたしは彼を知っているから。

ゲーム。

ゲーム、ゲーム、ゲーム。

確かに。

彼にとって、それは純粋なゲームなのだろう。むしろ相手に感情移入せず、あくまでも一人遊びのゲームだと思って臨むからこそ、串中先生は評判のいいカウンセラーであり続けられるのかもしれない。もっとも、カウンセリングを受けたことも引き受けたこともないわたしの勝手な推測で、カウンセリングとはそういう性格のものではないかもしれないけれど。

「ぼくの場合心がけているのは、相手に恋をさせてしまうことですね——女の子の場合、恋は何よりの特効薬です。どんな悩みも吹き飛びますよ」

恋。

誰に、と訊くと、

「ぼくに」

という答が返ってきた。

場合によっては、場合によらなくとも相当の爆弾発言ではある。

発言というか失言だ。

聖職者としての一線は越えてませんよ、と串中先生は嘯《うそぶ》くが、正直言ってそんな言葉に対しては、どういう種類の信頼もできない。

偽りの人格で形成された人間から発せられる言葉は、普通偽りだと思うだろう。

と言うより——偽りであるべきなのだ。

そうでなければ道理が通らない。

まあとにもかくにも、串中先生について五月雨《さみだれ》式に、あれこれうるさく言ってはみたものの、実際のところ、この場を借りて、あらかじめわたしが言っておきたかったことはただひとつである。

わたしが今回巻き込まれた、このはかない身をもって体験することとなった名門女子校七不思議殺人事件——千載女学園の七不思議に関する殺人事件は、あの倫理教師、串中弔士を中心とした、串中弔士を原因としたものであって、他の何でもなかったということだ。

個人としてのわたしには、きっとそれを強く記載しておく義務があり、権利がある——申し遅れた。わたしは病院坂迷路《びょういんざかめいろ》。十四年前、当時中学生の串中先生の上級生だった彼女の、意味のないバックアップだ。

だいいち問

ENGLISH READING
ANATOMY

1

それはなんというか、死体のように見える、死体のような肌色の、死体のようにぐったりとした、死体のような造形の、死体のように動かない、死体のような死体だった。

わたしはその死体の名前を知っている。

木々花美《ききはなみ》。

国語教師である。

これと言った具体的な接点があったわけではない――というか、そもそも臨時教師であるわたしと接点がある教師というのは、今のところ串中先生くらいしかいない。付き合いのある教師が串中先生だけだというのも、言葉にしてみればかなりぞっとしない事実ではあり、深い考察が必要となるのかもしれないが、しかしそれはさておき。

つまり木々先生がどのような教師だったのかという話を、わたしはここにおいてほとんどつまびらかにできないということが重要なのだった。

千載女学園に勤める教員の数は、余所者のわたしを除いてぴったり二十人。生徒数四百人という学校の規模からすればやや少ないくらいだが、教員不足が嘆かれるこのご時勢においては、あるいはまた妥当な数かもしれない。あれこれやりくりして、それでどうにかなるのなら、まあ少なくはないのだろう。どの道そのあたりはわたしの知ったことではない。

わたしが（臨時とは言え）教職に就《つ》いて知ったことは、教室の中も職員室の中も、そうは変わらないということだった――というより、教室の中と職員室の中はそっくりだった。

そっくりそのまま。

人間関係だったりなんだったり。

いざこざだったりなんだったり。

大人は子供が思うほどに自由ではない。

先生は生徒が思うほどに自由ではない。

そのことを知った。

知りたくてしょうがなかったわけでもないし、知らずに済ませられたらむしろそのほうがありがたかったのだけれど。

死体を目の前にして自己紹介をするような場面ではないけれど、一応言っておくと、わたしの本職は研究者である——某大学において光栄にも准《じゅん》教授の任を与えられているのだ。某大学とあからさまにぼかしたのはその大学が有名だからではなく今のわたしの立場ではその大学の名前を出すのに多少の後ろめたさがあるからだけれど、まあそれでも、わたしくらいの年齢で准教授になる者も珍しい。

これはある種の自慢になるが。

しかし同時に自虐でもある。

未成年の頃からあまりに研究一筋に生きてき過ぎたために教授陣、そして大学側から心配、あるいは警戒されてしまい、わたしは准教授昇任後大して間も開けずに、一旦大学の外へと出されることになってしまったのだから。

准教授まで引っ張り上げてくれておいてそれはないよと思わなくもなかったが、しかし象牙の塔から外に出て、若いうちに一般社会を経験しておくことも、きっと自分にとっては不利益にはならないだろうということで、わたしはそれを受け入れた。あとから思えばそれが最大の失敗だったのだけれど、当然、そんなことが当時のわたしにわかるはずもない——ていうかわかるか、そんなこと。

わたしは予知能力者ではないのだ。

まさか常勤講師（担当教科・英語）として派遣された先の女子校（わたしの勤める大学とかかわりの深い私立高校らしいが、それがどんなかかわりなのか、わたしも詳しくは知らない）に、串中先生のような異常者がいることなど、知りようがなかったのだから。

いや。

いやはや。

それは勿論、大した偶然だとは思うけれど。

わたしは——だって、わたしは。

串中弔士の名前だけは、聞いていたのだから。

知っていたのだから。

十四年前からずっと。

十四年前から、本当に、ずっと。

ちなみにわたしは、怪我で入院した年配の先生（階段から落ちたらしい）の代わりとして派遣されてきたわけなのだが、しかし、そういった観点から見ればこの事態は、その甲斐もなく、というべきなのだろう。

木々先生が死んでしまったのだから。

一人欠けて一人埋めて、もう一人欠けて——だ。

まあ、こんな風に、人間の数を足し算引き算で考えるのは、それこそまるで串中先生のようであって、串中先生のように不謹慎だが。

しかし木々先生のその死体に対して、どうにも深刻になりづらいのも、また確かなのだった。


こういう言い方をしていいものかどうかわからないけれど。

なんというか——滑稽《こっけい》なのだ。

その死体のありようが、非常に滑稽なのだ。

一昔まえのギャグ漫画あたりでありそうな画である。

場所は第二体育館。

木々先生の身体は、バスケットゴールに首を突っ込むようにして——そこだけを支点に、手足をぶらぶら揺らしながら、空中に浮いているのだった。

空中にぶら下がっているのだった。

ぶらぶら揺れて——ぶら下がって。

酷い図ではあるのだろう。

しかし——やはり滑稽だった。

それが通常ではありえない画だから、というのもさることながら、一体どういった経過を辿《たど》ってこのような画に至ったかがまるで皆目見当つかないところが滑稽なのだ。

冗談のようで、嘘のようで。

そしてただの思いつきのようで。

これが現実の風景なのかどうなのか。

わたしには判断がつかなかった。

夢でも見ているようとまでは言わないが——しかし、どうにも嘘っぽい風景だった。

「ふふ。死体くらいでは動揺しませんか」

と。

わたしの前方で——串中先生が言った。

いや、今までずっとこの場にわたししかいないかのように語ってきておいてなんだが、わたしの前方には、同じように空中の木々先生を見上げる串中先生がいるのだった。

というか、そもそもこの三時間目に、授業もなくすることもなく職員室でのんべんだらりと時間を潰していたわたしを、お手軽にも携帯メールで、この第二体育館へと呼び出したのが他ならぬ串中先生その人なのだった。

「さすがですね、病院坂先生——もっとも、ぼくとしても別に可愛らしい悲鳴を期待していたわけではないんですけれど」

「…………」

なんだか腹の立つ言い方だ。

馬鹿丁寧なだけに慇懃無礼である。

いや、ここまで来れば慇懃を外して、ただの無礼と言ってしまっていいのかもしれない。

上から目線なのか下から目線なのかわからないが、とにかく、相手を自分と同格とは見ていない、そんな喋り方だった。

嘘っぽさでいうなら、眼前の死体よりも串中先生のほうがよっぽど嘘っぽい。

リアリティに欠けている。

人間が描けていない。

存在自体が詐欺のような男だ。

「別に驚いていないわけではありませんよ」

と、わたしは言った。

ぶっきらぼうな口調になっただろう。

わざとそうしたのだから、そうならないわけがない。

それでなくともわたしは普段から愛想のいい部類の人間ではない（らしい）ので、これはもう、酷い響きになってしまったはずだ。

しかし構わない。

串中先生相手に払える礼儀には、残念ながら限りというものがある。いや、全然残念じゃないけれど——むしろわずかでも、そこまで礼儀を重んじる気持ちがわたしの中にあることに、わたし自身がびっくりしているのだけれども。

無礼に対しては無礼。

失礼に対しては失礼。

非礼に対しては非礼。

そうあるべきなのだろうけれども。

「とは言え、これでもわたしの本職は医学系の研究者ですからね。死体は見慣れていると言えば見慣れています。少なくとも一般のかたがたよりは。まあ、こんなあるまじき姿の死体ということになれば、もちろん初見と言ってもいいですが」

「多弁ですねえ、病院坂先生。まるで言い訳でもしているかのようだ」

くすくす笑って、串中先生はわたしを振り返る。

柔和そうな表情。

平和そうな表情。

この表情を見て、彼が悪人だと思う人間はいないだろう——もっとも、彼がそういう、わかりやすい意味での悪人なのかと言えば、確かに一概にそうとは言い切れないのだが。

しかし、少なくとも善人ではない。

そして——いい人でもない。

そもそも、人ではないとわたしは考えている。

いい人、悪い人と言うとき、そこには、どうあれ相手が人間であることが前提としてあるのだろうが——その前提が、串中先生には通じない。

人でなし。

人ではないのだから——よくも悪くもないし、いい人でも悪い人でもないし、善人でも悪人でもないのである。

「ぼくの知る病院坂迷路という人は、随分と無口なかたでしたけれどね——あなたはどうやら、そういうわけではないらしい」

「……わたしは病院坂と言っても傍系ですから。言うほど常軌を逸してはいないんですよ。スペックとしては、むしろ常識人の部類です」

これもまた『言い訳でもしているかのよう』なのだろうが、わたしは何度目にもなるその説明を、串中先生に繰り返した。

どうも串中先生は、それを理解できないとか、そのたびに忘れているとか、そういうことではなく、単にわたしにこの説明をさせるのが好き——たとえばそれは、お気に入りの絵本を毎晩読んで欲しいと願う子供のように——なだけのようだ。


わたしにとっては不愉快なだけだけれど。

他人の快不快など、串中先生にとってはどうでもいいことなのだろう。

あるいは——どうでも悪いことなのだろう。

わたしは続けた。

「それに串中先生。あなたの知る病院坂迷路とわたしとは、あくまで別人ですよ——別人であり、他人です。わたしはただのバックアップであって、スペアというわけではないんですから。双子というわけでもありませんし、クローン人間というわけでもありません」

「クローン人間ですか。いまだ一般化しない技術ではありますが、しかし実現するならば、ぼくにも生き返らせたい人間が少なからずいますねえ」

的外れと言うか、なんだか意味のわからないことを言いながら——

串中先生は頭上を見上げる。

頭上の死体。

木々先生を。

「──取り立てて、木々先生にお世話になったという記憶はありませんが、それでも、クローン技術があれば、木々先生も生き返らせてあげるべきなんでしょうかねえ」

「……クローン技術と蘇生技術は違いますよ」

どうせわかって言ってるんだろうが、わかってて適当に言葉を並べているだけなんだろうが、一応、わたしの台詞から始まった会話だったので、義務と責任として、そう注釈した。

今時するような注釈でもないけれど。

それに──そちらは注釈するまでもなく、串中先生に生き返らせたいと願うような人間が、木々先生も含め、一人だっているとは思わないけれど。

ただ、わたしがいい加減なことを言ったと思われてはたまらない。

「それで？」

わたしは訊いた。

質問である。

「串中先生、わたしを何のために呼んだんですか？可愛らしい悲鳴を聞きたいんじゃなかったにせよ、何かしらの目的はあったのでは？」

「人を呼ぶ程度のことに、いちいち目的も何もあったものじゃありませんけれどねえ──いえいえ。単に確認して欲しかっただけですよ。木々先生が本当に亡くなっているのかどうか」

「ああ」

死体の位置が位置だ。

触れもしないし、瞳孔の確認もできない。

呼吸も心拍も確かめられない。

体温もまた、付け加えるまでもなく。

理屈で言うなら──こうして見ている限りにおいては、木々先生が本当に死んでいるのかどうか、誰にも断言はできないのである。

死体のようであるだけで。

死体ではないのかも──しれない。

「……いや、死んでるでしょう。どう見ても」

この場合、『理屈で言うなら』も『見ている限りにおいて』もない。

何もない。

あるのは事実だけだ。

バスケットゴールのリングに首を突っ込んで、空中にぶらんと浮かんでいるのだ。あれで生きているんだとすれば、木々先生の首の筋肉は発達し過ぎている。

少なくとも首吊りで死ねない程度には。

「どうしても、何がなんでも確信が欲しいと言うなら、降ろして実際に触れてみるしかないんでしょうけれど――あそこから木々先生を降ろす方法も、すぐには思いつきませんね。どこかから脚立《きゃたつ》を持ってくるでもしないと」

「いえ、死んでいるのならそれでいいんです」

串中先生はそう言った。

死んでいるのならそれでいいんです。

言葉の綾だろうとは言え、その言葉はかなり物騒な響きである。

それを臆面もなく口にできる辺り、無神経なのか、それとも神経が図太いのか、串中先生の読み切れないところだった。

「それこそ、蘇生が間に合うようなら急がなければと思っていましたけれど――その必要がないのなら、現場保全に努めたほうがいいですからね」

「……現場、ですか」

現場。

それはきっと。

殺人現場――という意味だ。

「まあ、確かに――こんな事故はありえないでしょうね。ダンクシュートを決めようとしてジャンプし過ぎた――その結果、首がリングに引っ掛かってしまった――というわけでもないでしょう」

「その発想は面白いですけどね。ただし、殺人だとしても意味がわかりません」

串中先生は言った。

淡々と――恬々として。

「バスケットゴールのリングで首を絞めた――というわけでもなさそうです。つまり、どこかで殺して、それから人為的にあの位置に配置した――ということになりますが」

まあ。

普通に考えれば、そういう工程になるだろう。

普通というより、常識的に考えれば、か。

どういった経過を辿ってこの画に至ったかわからない――とは言え、冷静に見れば、そうするしかないのである。

脚立で持ち上げたか、それとも別の手段を取ったのか、そこまではわからないけれど。

でも。

どういう思考を辿ってこの画に至ったのかは――

まるで想像が追いつかない。

想像力不足を痛感せざるを得ない。


この現場が滑稽であることは。

そのまま、犯人が死体を――木々先生を冒瀆していることを表しているのだった。

殺人現場ならぬ研究の現場においては、普段から死体をいじくりまわすことを生業《なりわい》としているこのわたしではあるが、しかしそれだけに、人間に対して何の畏敬《いけい》も感じさせない、真摯《しんし》さの欠片も誠実さの欠片もないこの構図には、吐き気を覚えずにはいられない。

「………」

と、そこでちらりと串中先生を窺《うかが》う。

ひょっとしたら串中先生も、わたしと同じような感想を持っているのだろうかと淡い期待をしてみたのだけれど、無論、そんな期待はかくもむなしく空振り三振。

彼はにこにこと死体を見上げていた。

まるで好みの美術品でも眺めるかのように。

いや、彼の場合は、にこにこ笑っているからと言って、決して機嫌がいいと断言できるわけではないのだけれど。

むしろ逆かもしれないけれど。

胸の中にはわたしと同じ感想を抱いているのかもしれないけれど。

しかしまあ、普通、にこにこしているときは、人間、悪い気分ではないはずだ。

「相変わらず、学校に死体は似合いませんね――しかしそのアンバランスさこそ妙とも言える。ふふ、昔を思い出します」

「昔、ですか」

串中先生の、昔。

わたしはそれを詳しくは知らない。

わたしの素体だった彼女、つまりは本家の病院坂迷路ならばそれをよく、あるいはよりよく知っていたのだろうけれど――ふむ。

十四年前、か。

しかし懐しむ義理もない。

そもそもわたしは、この男の過去になど興味はない。

どうせ契約期間が切れるまでの付き合いだ。

期間満了まで滞《とどこお》りなく付き合えればそれでいい。

深入りせず済ませられるはずだ。

浅瀬ですべてを済ませられるはずだ。

そう思いたい。

「で、どうするんです？　串中先生。まさかこのままというわけにもいかないでしょう――もう明らかに手遅れですけれど救急車を呼ぶか、あるいは、一足飛ばしで警察を呼ぶか。どちらかをしないといけないと思いますけれど」

「正論ですが、しかしまあ病院坂先生、とりあえずその前に職員会議でしょうね。公的機関に連絡するのはその後です」

「は？」

「評判名声が大切な私立高校ですからね――それも曲がりなりにも名門私立女子校ですからね。おいそれと独断では動けませんよ。臨時教師であるあなたにしてみれば、いまいち得心しかねる話かもしれませんが」

「……はあ」

わたしは頷いた。

別に不承不承というほどではない、逆である、それは実に納得の行く話ではあった。象牙の塔と言われる大学の中でさえ、色々としがらみはあった——体面だの面子《メンツ》だの、根回しだの何だの、その手の面倒臭い風習。大体、そういう面倒臭い風習のせいで、わたしは今本職から外され、高校教師の職に身を窶《やつ》しているのだから。

教師をやってみてわかったことが教室と職員室に差などないということだとして、同じように学生を抜けて社会人になってわかったことがあるとすれば、学生生活も社会生活も、やはりそんなに変わらないということである。

やなことはあるし、いいこともある。

やな奴はいるし、いい奴もいる。

人間関係も政治もある。

友達、恋愛、敵対、無視、いじめ、贔屓。

全部ある。

大きな違いは、社会生活はお金がもらえるということと——そして、卒業がない、ということだ。

小学校は卒業できる。

中学校は卒業できる。

高校は卒業できる。

大学は卒業できる。

しかし、社会には卒業がないのだ——まあ強《し》いて言うなら失業はあるけれど、それは同列に並べられるようなものではない。

卒業がない。

社会には卒業がない。

それは——将来がないのと同じである。

ここからは、抜けられない。

ある意味それは、テレビゲームで言うところの裏面のようなものだった——どれほど難易度が高かろうと既にゲーム自体は終わっていて、言うならただの遊びである。

人生の本番であるはずの社会生活が遊びとはこれ如何《いか》に。

次のステージなどないのだ。

あとはゲームオーバーまで駆け抜けるのみ。

果たして残り何騎？

残りタイムは？

そんな感じ。

……もっとも串中先生は、社会に出る以前の学校生活からさえも卒業できていない、だからこそ教職を志したのだと——そう言っていたか。

精神的卒業未経験の男。

串中弔士。

「まあ、確かに校長先生や理事長先生をすっ飛ばしてサイレンカーを呼ぶというのも、のちのち問題になるかもしれませんね——では、串中先生。まずは手順としては、校長先生に報告を？」

社会人ということで言えば、それは大学の職場においてはあまり一般的ではないけれど、新社会人がまず先輩から叩き込まれる『ホウレンソウ』という略語があるらしい。

これは『報告・連絡・相談』の頭文字を繋げたものだ。

わたしはそれを聞いたときに思った。

報告と連絡と相談。

それは全て同じものではなかろうか。

「ええ。そこで、です」

と。

串中先生は改まって——と言うか、改まった振りをして、わたしに言った。

「その報告を病院坂先生のほうからしていただきたいと思いまして」

「……は？」

感じた怪訝さはそのまま表情に出ただろう。

隠す気にもならない。

むしろ大いに主張せねば。

「どういうことですか？」

この『どういうことですか？』という言葉の裏には『そんなことはてめえでやれ』という意味が壮絶に込められているはずなのだが、しかし串中先生はそんなことはちっとも意にも介さず額面通りに解釈して、

「どういうことかと言いますと」

なんて、解説を始めた。

いや、わたしは解説を求めたわけではない。

前言撤回を求めたのだ。

「ぼくが第一発見者ということになると色々とあとが面倒臭そうなので、できれば病院坂先生に代理をお願いしたいということです」

それは思いのほかわかりやすい解説だった。

わかりやす過ぎる。

いや、串中先生は、基本的に難しいことは言わないのである——わかりやすくともわけのわからないこと、理解しやすくとも理解したくないこと、そういうことばかり言うのである。

これでカウンセラーというのだから笑わせる。

いや——やはり笑えない。

少なくとも。

笑えるのは他人事のときだけだ。

「あの、」

「いいじゃないですか。病院坂先生、あなたは所詮余所者なんですから」

文句だか苦情だか、それとも社会的常識だか、とにかく何かを言いかけたわたしを遮《さえぎ》るように、串中先生。

余所者という言葉を平気で使う。

彼には言いにくい言葉がないのだろうか？

たまには言いよどんだりして欲しい。

「ぼくはこれからもこの千載女学園で勤めていかなければならない立場ですからね——変ないざこざに

巻き込まれたくはないんですよ。万が一にもまかり間違って、第一発見者ゆえに疑われたりしたらたまらない」

「普段からの行いに気をつけていれば、第一発見者ゆえに疑われることなどないのでは？」

わたしは皮肉たっぷりに言った。

……ちなみに『殺人事件においては第一発見者を疑え』というのはあくまでも推理小説を読むときの鉄則であって、それは現実の殺人事件にスライドできる種類のものではない。『双子がいれば入れ替わりを疑え』とか、『アリバイのある奴が逆に怪しい』とか、『もっとも怪しい人物は犯人ではない』とか、そういうのと同じだ。

現実には双子は入れ替われるほどには似ていないし、アリバイのある奴は犯人ではないし、もっとも怪しい人物は犯人である。

推理小説を読むときの鉄則で現実の殺人事件にスライドできる鉄則と言えば、精々『被害者と近しい関係にある者が怪しい』というくらいのものである——それは宇宙のどこに行っても『一足す一は二』であるというのと、同じくらいの意味合いしか持たないけれど。

「目をつけられたくないんですよ」

串中先生は困ったように言う。

それは見様によっては酷くチャーミングな仕草で、女子高生に限らない、大抵の女性はそんな表情にころっと騙されてしまうのかもしれない。

案外。

わたしの元ネタも——騙されていたかも。

そう思いたくはないけれど。

しかし彼女だって女性だったのだ。

その可能性はなくはない。

「見ての通り聞いての通り、ぼくは気弱でひ弱な弱々人間でしてね——色眼鏡で見られるのは嫌なんですよ。他人からどう思われるかが気になって仕方がないんです。どうしてこんな時間に体育館をうろうろしていたのかとか、そんなことをうるさく訊かれるのは御免なんですよ」

「いやあ」

苦笑いだった。

もう何もかもが胡散《うさん》臭い。

というか、どうしてこんな時間に体育館をうろうろしていたのかという疑問は、もう少し突っ込んで訊いてみてもいい点なのかもしれない。

千載女学園内には体育館が第一、第二、第三の三つあり、授業で使われる体育館はこのうち第一体育館のみである。第二体育館と第三体育館は部活動の際、あるいは何かのイベントの際に利用されるだけだ。

第一ならばともかく、どうしてこの平日三時間目という時間帯に、串中先生がこの第二体育館にいたのか——というのは、比較的切実な疑問なのかもしれなかった。

かもしれなかった。

かもしれなかったが。

「…………」

けれど。

けれどわたしは、ここにおいてその疑問を差し挟むのはやめておくことにした——なんというか、いや別に面倒臭くなったわけじゃないけれど、深く係わり合いになるべきではないと思ったのだ。

深入りすべきではない。

串中先生にはなるべく質問すべきでない。

むしろ会話すべきでさえない。

そう思う。

串中先生とは最低限のやり取りで済ますべきなのだ——いや、こんな風にこんな場所に、こんな現場に、のこのこと呼び出されてしまっている時点で、わたしは迂闊だという誹《そし》りを受けてしかるべきなのだけれど。

校長先生が「わからないことがあったら串中先生に訊きなさい」と、事実上わたしを串中先生の下につけてさえいなければ……とも思うが（まさか貧乏くじをひかされたのだとは露知らず、それに頷いてしまったわたしはやっぱり迂闊だが）、まあ串中先生とわたしの元ネタの彼女との、中学時代のただならぬ関係がある以上、どうせ遠からずそして少なからず、わたしは串中先生に巻き込まれはしていただろう。

なんというか。

気が付けば同じ土俵に上げられているというか。

しかし校長先生、わからないことがあったら串中先生に訊くとして、でも串中先生のことがわからない場合は誰に訊けばいいんですか？

神様とかですか？

一時的にとは言え宗教系の学校に勤めておきながらこんなことを言うのも罰被《ばちかぶ》りだけれど、わたしは神を信じていないんですが。

「この歳になってつくづく思いますが、病院坂先生。結局犯罪なんてのは、実行したかどうかなんて関係ないんですよね——疑わしきは罰せずとか言って、疑われた時点で既にそれが罰なんですよ。現実においてやったかやってないかなんて、実のところ大した問題ではありません。大事なのはただのイメージなんです」

「イメージですか」

適当な相槌を打つわたし。

聞き流しているとも言う。

串中先生と会話するときの基本スキルである。

「つまり串中先生。整理すると、自分が疑われるのは嫌だけれど、わたしならば疑われてもよいだろうと言いたいわけですね？」

「まさか、そんなことは思いませんよ——ぼくは他の誰かを自分のために犠牲にしたことは一度もありません」

ぬけぬけと、白々しいことを言う串中先生。

いやもうぬけぬけととしか言えない。

白々しさで言うなら潔白に近い。

わたしが考えるところ、『思ってもいないことを言う』というのは、実際には自分の心に対する裏切りであり、ゆえに非常に高い技能が必要なことなのだが——なんとも大したものだ。

「ぼくは自己犠牲の塊のような男ですよ、病院坂先生。今だって、できることなら木々先生と代わってさしあげたい、本来あそこにぶら下がっているべきは木々先生ではなくてぼくなのではないかとさえ考えています」

「……でも、できないことだから代わってあげないんでしょう?」

わたしは半目を閉じて言った。

いわゆるジト目だ。

「そりゃまあ確かに、わたしは曾根崎《そねざき》先生が退院して復帰したら、この学園を去る身空ですからね。多少疑われるようなことがあったところで、痛くも痒くも、触れたようにさえ感じませんが」

蚊が刺すほどにも感じない。

……いや、蚊に刺されたら痒くはあるか。

比喩表現は難しい。

「安心してください、病院坂先生。もしもあなたが疑われるようなことがあったら、その容疑をぼくが全力で晴らしましょう」

何の役にも立たない口約束。

別段、しかしこれは串中先生が嘘をついてわたしを騙くらかそうとしているわけではないのがこのケースの真の恐ろしいところだった——彼はきっと、この瞬間に限って言うならば、本気でそんなことを言っている。

保障がないのは一秒後の話だ。

串中先生は多分——いや絶対に、宗旨替えするに躊躇がない。

過去の自分を、そして現在の自分を平気の平左で裏切れる。

これほどまでにこだわりのない人間に、わたしは会ったことがない——きっと串中先生は、『明日から別の人間として生きてくれ』と言われたところで、条件さえ折り合えばあっさりそれを受け入れることができる人間だろう。

わたしはそれが恐ろしい。

怖い。

変わり者揃いの病院坂本家にさえも、わたしの知る限り、串中先生ほどの逸材はいないのだから。

……いや。

敢えて言うなら一人だけ——

一度だけお会いした、あの猫目の彼女ならば、ひょっとしたら串中先生とも対等にやり合えるかもしれないが。

違う、実際彼女は——やり合ったんだったか？

串中先生と、対決したんだったか？

そして？

「結構です」

わたしは言った。

猫目の彼女の忠告を思い出しながら。

「自分の容疑くらいは自分で晴らします」

気が付けばいつの間にか、校長先生への報告はわたしがすることに決定しているような話運びになってしまっていた。

何故だ、と思うも、今更議論を蒸し返すのも馬鹿馬鹿しい。

決まってしまったことだ。

それに、確かに串中先生の言う通り、仮に『第一発見者』ということで疑いのまなこを向けられたところで、わたしの場合はまるで実害がないというのも事実なのだった。

傍系とは言えわたしも病院坂。

他人の視線には異様に鈍い。

先程の串中先生の言葉を借りて言うならば、他人にどう思われようとどうでもいいと思えるタイプの人間である——その点においてはきっと、わたしはわたしの元ネタ、静かなる人払い令、人間避けとまで言われた本家の病院坂迷路と同じである。

同じと言うなら。

そう言えば本家の迷路さんは、何やら探偵ごっこの推理ゲームが好きだったらしいが——さて、わたしはどうだろう？

なにぶんこんな状況が初めてなので、わたしはまだ自分の立ち位置、そして気持ちを定められてはいないのだが、しかし、もしもわたしの本質が元ネタの彼女と同じなら——この条件はおいしいかもしれない。

疑われるかどうかはともかくとして、第一発見者ならばある程度事件の中枢近くに（さりげなく）い続けることが可能だろうし、ならばもしもわたしが殺人事件の犯人を個人的に突き止めようとしても、その行為はさほど不自然なものではないはずだ。

と、わたしが腹の内でそんな算段を立て始めたのを、ふと、串中先生が流し目で見ていた。む。気取《けど》られてしまったか。

いや、ひょっとしたら、わたしに内在するそういう嗜好を敏感に嗅ぎ取って、串中先生はわざとこの件にわたしを巻き込んだのかもしれない——巻き込んでくれたのかもしれない、と、わたしはそんな風に思った。

もっともこれは思い違いである。

思い違いで。

思い込みで。

そして——思い上がりだ。

串中先生に限った話ではない、誰かが他の誰かを思いやって何かをするなんていうのは、幻想を通り越してただの妄想である。

わたしはそれを。

嫌と言うほど——知っている。

嫌になるほど、知っている。

だって、たとえばわたしがこの殺人事件の謎を解明しようと思ったところで、その気持ちは、木々先生の身を襲った悲劇とは何ら関係のない地点から生じたものでしかないのだから。

2

そこから先の事務的な手続きを詳細に記したところでいまいちエンターテインメントではないと思うので、簡略に、そして手短に話そう。

まず、串中先生に言われた通りに（あるいは『串中先生の思惑通りに』）、わたしが校長先生に事態を報告した——つまるところ第二体育館において木々先生が無残な姿になって（さすがに『滑稽な姿になって』とは報告できなかった。わたしにもそれなりに気遣いというものがある）ぶら下がっているという事態を、報告した。

勿論そこにはいくらかのエクスキューズが必要ではあった。

ありのままではやや足りない。

常勤とは言え臨時教師がどうして無関係の第二体育館を訪れて、その死体を発見するに至ったのか、それはどうあれ説明しなければならなかった——それは串中先生が第二体育館で何をしていたかよりも、不思議な話ではある。

不思議なはずだ。

ただの嘘なのだから。

もっともらしさの欠片もない。

しかしその点については、串中先生がそれらしいエクスキューズを考えてくれた。即ち——

「この時間はいつも職員室にいるはずの木々先生の姿が見当たらなかったので心配になって探しに出たところ、道に迷って普段見慣れない第二体育館に辿り着いてしまい、なんとなく小窓から覗いて見たところ、木々先生を発見しました」

——である。

実在の人物と関係あるところのわたしにしてみれば、木々先生が『この時間はいつも職員室にいる』ことなど知らないし、間違っても『心配になる』ことも『探しに出る』こともないだろうが、しかし臨時教師であるがゆえに、『道に迷う』ことも『普段見慣れない』ことも、ひいては『辿り着いてしまう』ことも、ありえない話ではない。『なんとなく小窓から覗いて見』るかどうかは微妙だが、それくらいは探し人中の人間の行動傾向としては、比較的自然なものだろう。

第二体育館の鍵は基本的に開けっ放しになっているので、その後、館内に這入《はい》ったこともさほど不自然ではない。

串中先生に呼び出されたというただの必然を、言葉巧みにただの偶然に置き換えてしまうとは舌を巻く——ちなみに串中先生は、わたしに携帯メールを削除させることも忘れなかった。元々、その本文も暗号めいていて、たとえ記録が残っていたところで問題なさそうなメールではあったが、用心に越したことはないということだろう。

なんだか思考が犯罪者じみているが。

それはとりあえずいいとしておこう。

もっとも、そんな立て板に水の言い訳を、串中先生が大した思考時間もなく導き出したからといって、じゃあ串中先生も、全く同じとは言わないまでも似たような経緯を辿って木々先生の死体を発見するに至ったのだろう——と考えるほどにわたしはおめでたくもない。

こういう発想が出てくるということが、逆に串中先生の理由がそれでないという証拠のようにさえ思える。

勝手な話で、言われてみればそれは偏見以外の何物でもないけれど、しかしわたしは確信を持ってそう思うのだ——魂がそう告げていると言えばスピリチュアルっぽくて、逆に信用を落としてしまいそうだけれど。

まあしかしそんな感じだ。

どうとでも思ってくれていい。

そしてその後。

このあたりはさすがに一枚岩とでも言うのか、あっという間に——昼休みを待たずして、四時間目の最中に緊急職員会議が開かれることとなった。授業は、どうしても外せないというものを除いてほぼ自習。それによって生徒達も何かがあったらしいということくらいは察するだろうけれど、どうせそれはすぐにわかってしまうことなので、そこで体面を保とうとしても意味がないという、そういう読みなのだろう。

　会議室に集まった教師の人数は十五名。

　そこに校長先生と二人の教頭先生。

　合計で十八名。

　これはわたしを含めた数字である——本来ならば臨時教師であるところの、つまりは余所者であるところのわたしにはこの会議に出席する資格があるのかどうかは微妙なのだが（千載女学園は割とそういうところに厳しい、伝統と格式のある私立高校なのだ）、今回に限ってはわたしは立場上『第一発見者』ということになっているので、まるっきり問答無用だった。

　会議は迅速に行われた。

　すごみがあるほどスピーディ。

　通常——というか一般的に会議とは不毛な言い争いのことを指すのだが、しかし切実な制限時間がある場合はその限りではない。

　公的機関へのしかるべき連絡を怠《おこた》ったことが露見すれば、それこそ学園の名誉にかかわることになる——縦から見ても横から見ても明らかな変死体だ、通報をしないわけにはいかない。

　通報までに変に時間をかけたと思われては——そんな風に勘繰られては困る。

　マスコミの餌食《えじき》になってしまう。

　と、そういうわけだ。

　わたしが『名誉』と『名言』って字面《じづら》が似てるなあなんて考えているうちに、色々考える人達もいるものである。

　まあこの会議に出席している者は全員が教員であ

り、即《すなわ》ちいわゆる大人である。木々先生の死を悼《いた》む気持ちは勿論あるのだろうが（言うまでもなくわたしはこの集合に串中先生を含めてはいない）、それはあくまで胸中心中のことに押し留め、学園としてこれから取るべき対応を意思統一しておく必要があった。

守るべきものはふたつ。

学園の名誉と、そして子供達の生活。

意外とこの場合重んじられるのは後者だったりする——千載女学園にはいいとこの子供が多く通っているので、それが同時に、前者を守ることにも繋がるからだ。

ただし、具体的な案があったわけでもない。

学園の敷地内において変死体が発見されたことは動かしようも隠しようもない事実なのだ、それに対して取るべき対応と言っても——その数は端《はな》から限られている。

そしてその限られている対応にしたって、必ずしもこの場合のベストとは言えないのだ。

どの道無傷では済まない。

深い傷か浅い傷かを選ぶだけの話で、そういう意味では、その緊急職員会議もまた、会議らしく不毛な言い争いであるということになるのかもしれなかった。

で。

その不毛な言い争いを断ち切る鶴の一声があった——そういうものは普通管理職の人間が発するべき声だと思うのだが、しかしこのときの鶴は管理職でも何でもない、いち教師であるところの串中先生だった。

「ではこうしましょう」

彼は言った。

立ち上がって、大仰な仕草つきで。

「何らかの事故によって木々先生が亡くなられてしまったことは間違いないのですから——警察への連絡は早いうちに済ませてしまいましょう。そしてそちらへの対応を校長先生、教頭先生にお願いするとして、それとは別に、即急に生徒達へのアカウントをすべきです。昼休みのうちに説明会を開かなくてはならないでしょうね。これはまあ、スクールカウンセラーの真似事をしている立場の人間からの意見だと思っていただきたい——生徒達への心のケアは何より重要ですからね。木々先生は子供達に慕われる立派な教師でした、傷つく子供達も少なからずいることでしょう——そういう方向へのフォローはどうかぼくにお任せください。大変な仕事になるとは思いますが、それはぼくの仕事です。細かいプランは養護教諭の駅野《えきの》先生と話し合うとして——取り急ぎ、今日の午後の授業は全て中止、生徒達は説明会の後、素早く帰宅させましょう。今日のところは生徒達と警察のかたがたとを接触させるべきではありません——いずれ何らかの事情聴取は避けられないことではあるのでしょうが、しかしそれは心の準備、あるいは覚悟が定まったあとにするべきです。では、明日からの授業をどうするかという話をさせてもらえれば、これは通常通りに行うのが現時点で考えうる最良の案だろうと思われます。いたずらに休校措置などを取れば、逆に生徒達に動揺が広がってしまいますから——それは先生がたの望むところでもないでしょう。何より木々先生がそんなことを望みません。三年生は受験も控えていることですし——変わりない日常を送り続けることこそが、心の傷を癒す一番の方法だとも言われます。もしもこの案に問題があるようでしたら、そのときはまた改めて対応策を練るというのは如何《いかが》でしょうか」

如何でしょうか、も何もない。

それこそ立て板に水だ。

他の『先生がた』の耳は誤魔化せてもわたしの耳は誤魔化せない——後半に行けば行くほど、串中先生は自分の言っている意見などどうでもいいと思っている。台詞が長いのは、ただ単に、木の葉を隠すために森を作っただけの話だ。

串中先生がここで強調しておきたかったのは——否。

強調せず、さりげなく皆の意識下に刷り込んでおきたかったのは——木々先生の死は殺人ではなく事故であるという前提なのだった。

第二体育館内においてあれほど殺人だ犯人だと主張していた舌でよくそんな空々しいことを言えるものだと、わたしは呆れてしまって、文字通り空いた口が塞がらなかった。

事故だということにしておこう——ではなく。

事故であると、刷り込んだのだ。

同じような話だが、これが結構異なる。

心からそう思っているのとそうでないのとでは、当然、外部に対するときの態度が変わる——学園の名誉を守るためにそうするのではなく、その通りだと思うからそうするのとでは、おのずとその表層も意味合いが違ってくる。

良心に従うか良識に従うかの違いのようなものだけれど、いずれにしても、第二体育館での言いようからして木々先生のことをさほど知っていたとも思えないのに、慕われたとか立派なとか何とか、挙句の果てには木々先生がそんなことを望みませんとか、そんな適当なことを述べていたのは、全てそのためなのだ。

巧みな心理誘導、というほどのことでもない。

専門家からみればとても稚拙な導きだ。

だがしかし、日常生活においてそんな心理誘導を使う度胸のある人間はそうはいない——対人関係においてそれはタブーだからだ。それは詐欺師の手法であり、堅気の人間のやることではない。イカサマに必要なのは技術ではなく度胸と言われるが、その点において、串中先生は見事なギャンブラーだと言えた。

それもまた串中先生が、相手——この場合は校長や教頭も含めて、ということだが——を同格と見做していないという証左だと思われる。

上と見ているのか下と見ているのかは、やはり、定かではないけれど。

まあ、その刷り込み一点を除いては、串中先生の言うことは概《おお》ね正論ではあり、反駁《はんばく》の余地はなかった——いや勿論、時間があればもっと深く議論を戦わせられただろうが、しかしその時間はあまりにもなかった。

どうも串中先生はそれも計算して、わざと長々と語っていたような節もあるが——いや、さすがにそこまでの邪推はわたしの穿《うが》ち過ぎというべきだろう。

わたしはどうも串中先生の行動を、悪意騙意を前提に読み解いてしまう——多分その見方は間違ってはいないのだろうが、これもこれでやり過ぎると逆に落とし穴に落ちてしまいそうな気もする。

まあ、どちらにせよ。

鶴の一声と言うには随分な長鳴きではあったが、串中先生のその意見が取り入れられ、ことはその通りに運ばれた。

なんとなくそんな流れになって、わたしは串中先生の作業のほうを手伝うことになったが——まあ昼休みに行われた生徒達を集めての説明会のほうは、恙《つつがな》無く終わったと言うだけに留めよう。要するに串中先生は、政治家にでもなったらいいんじゃないのかという口八丁で、職員会議のときと同じように、しかし人数的には十倍二十倍に及ぶ数の生徒達に、大した混乱も起こさせることなく、事実をありのままに伝えたのだった。

非常に演説がさまになっていた。

いや。

まあ、だからと言って本当にあんな男が政治家になったら困るんだけれど。

国家体制が崩壊してしまう。

その後、予定通りに午後の授業は中止され、生徒達は下校した——この件はのちに公的機関から強く注意を受けることになるのだが、しかしまあ、多分それは串中先生には予想済みのことだったのだと思う。どうせ注意されるのは管理職の人間であり、提案者である串中先生本人ではないのだし。

勿論子供達が帰ったからと言って教職員は帰れるはずもない、我々には大人として、きっちりと事情聴取に応える義務がある。

そしてそれも当たり前の話、到着した警察機関のかたがたは空中にぶら下がった形の木々先生の死体を見るや、その変死体・不審死を、事故・殺人の両面から調査することになるのだが、しばらくの間、それを事故だと主張する（思い込んでいる）学園側とは意見がかみ合わず、当然の帰結として、捜査は混乱するのだった。

正確な死因は検死の結果待ちということになるのだろうが、とりあえずバスケットゴールから降ろされた木々先生の身体には、それらしき外傷はなかったということである。

まあそこまではわたしも、現場を離れているとは言え一応は専門家として、遠目でも判断できていたことなのだが――その裏づけがあったから、串中先生は自信をもって横車を通したのだろうが――とは言え、第一発見者として警察のかたから不躾《ぶしつけ》な取調べを受けるのには、やはり相応の忍耐力が必要とされた。

何度、本当の第一発見者はわたしではなく串中先生なのだと白状してしまおうかと思ったかわからない。しかし一度嘘をついてしまった以上、この場合はつき通さざるを得ないのだった。まるで蟻地獄のようなシステムである。勘弁して欲しかった。

「病院坂？　どこかで訊いたような……」

と。

わたしの事情聴取を担当した警察官のかたが、途中、そんなことを呟いたときは少しだけはらはらしたけれど（断っておくが、これは別に、わたしに警察庁に勤める兄がいるという伏線ではない。わたしはソアラに乗っていない）。

そんなうんざりするような事情聴取を受けたあとでは探偵ごっこの推理ゲームをする気にもなれず、わたしはその夜、串中先生への挨拶もそこそこに、さっさと家に帰って眠ってしまったのだが——ただしこれは、遺憾ながら病院坂に属する者の判断としてはいささか甘かったと言わざるを得ないだろう。

翌朝。

目を覚ましたわたしの携帯電話に一通のメールが届いていた——差出人は串中先生だった。わたしは低血圧ゆえに寝ているところを起こされるのが非常に苦手で（ちなみに学術的な知識として、寝起きに弱いのと低血圧との間にはあまり密接な関係がないことくらいは知っている。単にこれは、定型句としての言い回しだと思って欲しい）、寝る前には着信音を切っておくのを常にしているのだが——バイブ音で目が覚めてしまったのだから、この場合は同じだった。

メールの内容はこう。

『できれば早めに学園に来』

その十一文字。

文章が途中で切れている——慌てて打ったからという優しい解釈をしてあげる必要はこれっぽっちも感じない。

どうやら。

またも彼はわたしを第一発見者に仕立て上げるつもりらしい——とわたしは思った。

/ だいに問

アレクサンドロス大王
家庭教師
アリストテレス
BC384 ~ BC322
万物の祖
弟子
プラトン

You've gotta save us
at 25 o'clock.
bring s me water.
Who's gonna die
first?

1

それはなんというか、死体のように見える、死体のような肌色の、死体のようにぐったりとした、死体のような造形の、死体のように動かない、死体のような死体だった。

わたしはその死体の名前を知っている。

通上黄桃《つうがみきもも》。

家庭科教師である。

……いや何も、これから先全部、こんな感じで死体の紹介を続けようというわけではない――二回や三回ならばともかく、これから何度となく続くことなのだから、さすがにどこかで飽きが来てしまうことになる。

そんなのはうんざりだ。

というか、二度目でもうんざりだ。

さて、ここで唐突に、わたし、病院坂迷路は昔交わしたある会話を思い出す。病院坂本家の、猫目の彼女と会ったときの会話だ――それももう今となってはおよそ十四年も前の話になるので、細部は相当怪しいけれど、確か大枠でこんな感じだった。

「これまで僕が会った中で最も危険な人物かい？それは実に面白い設問だね、傍系の迷路ちゃん――この場合の面白いという言葉には『笑える』という意味はまったく含まれていないのがいささか問題ではあるけれど。しかしきみらしいとは言える、実にきみらしいとは言える、傍系の迷路ちゃん。きみのオリジナルには僕も相当目をかけていたものなのだが――なんというか、気が合いそうでね。気が合いそうだけど話は合わないというのが問題だったけれど――いや、そもそも無口だった迷路ちゃんとは、厳密な意味での会話をしたことは、僕は一度もないんだけれど。僕だけじゃなくて、誰もないんじゃないかな。ああでも、今の言い方では誤解されてしまったかもしれないが、彼女のほうは別段僕のことを好いていたということはないんだよ——むしろ彼女は僕を大いに嫌っていた。何があったら人が人をあそこまで嫌うんだろうというほどに嫌っていた。その理由には実のところ心当たりがあるのだけれど、それについては次回作をお楽しみにということで、ここではさておこう。でもまあ本家の迷路ちゃんと違って傍系の迷路ちゃんはこうして僕と普通に会話をしてくれるので助かるよ。人と人との関わり合いにおいて会話は何より大切だし、何より病院坂本家の人間はひとり残らず狂っているから、たまにこうして傍系の病院坂と話すとほっと一息、安心できるね。バックアップとは言え、きみはきみで、きみもきみで、オリジナルの思考とオリジナルの嗜好を持つオリジナルの病院坂迷路だというわけだ。しかしこれだけははっきりと言っておこう。これまで僕が会った中で最も危険な人物は、きみのオリジナル、病院坂本家の病院坂迷路では——ない」

　ここまで一息。

噛みもせずに一息。

　とにかくすげー勢いで喋る人だった。

　多分、本当に正確に引用しようと思えば、あと数倍の長さになってしまうのだろうけれど、わたしは個人的には、そんな細部は怪しいままにしておいていいと思う。

　ちなみにわたしは、女性でありながら一人称に『僕』を使う猫目の彼女に『これまであなたが会った中で最も危険な人物は誰ですか？』という質問を投げかけてはいない。

　彼女が勝手に喋り出したのだ。

　わたしもそのときには思春期半ば、大人ぶりたい年頃だったから『迷路ちゃん』呼ばわりもできればやめて欲しかったが、しかし悲しいことにそんな言葉を差し挟む必要もなく、猫目の彼女は喋り倒した。

　やっぱり病院坂本家の人間は一味違うと思ったものだったけれど、しかし、この認識が間違いであることは後に知れる――彼女は病院坂本家の中では、おそらくもっともマシな変人だった。

少なくとも自身を変人だと理解しているという意味においては、本家の他の病院坂とは一線を画していた。

とは言え変人は変人である。

他と比べて変人でなくなるということはない。

そして変人は続けた。

確かこんな風に。

「危険度のランキングで言えば、僕の愛すべき友人であるところの櫃内様刻《ひつうちさまとき》くんの名前を是が非でも挙げたいところなのだけれど――しかし彼の場合はいくらか条件が付帯するからな。限定条件付きの危険度というのもいまいち締まらない。そもそもハンドリングさえ間違えなければ彼は非常に気のいい安全人物だ。危険人物ということで言うなら、所詮は二番手三番手でしかないだろう。ふむ、となると――気は進まないけれど、やはり弔士くんの名前を挙げざるを得ないか。串中弔士くん。彼が誰よりの危険人物だ」

わたしが串中先生の名と、その恐るべきあり方を認識した――これが最初のことだったのだが、まあ元々わたしが振った話ではないので、すぐにそんなことは記憶の隅に追いやられてしまって、実を言えばわたしは千載女学園に赴任してきて初めて彼のことを思い出したのだが――なるほど、猫目の彼女の言ったことは正鵠《せいこく》を射ていた。

串中弔士。

彼は誰よりも危険人物だった。

誰よりもリスキーだった。

すさまじく、すさまじく、すさまじかった。

当初、ここまでの危険人物がどうして未だに真っ当な社会生活を送れているのか、わたしは不思議でならなかったのだが――それはひとえに、彼が何もしないからだろうと、今ならわかる。

串中先生は何もしないのだ。

掛け値なく。

誇張なく。

本当に――何もしない。

その代わり、人に――何かをさせるのだ。

どんな棋士でも自ら敵陣に乗り込んだりはすまい、持ち駒手駒を動かして相手の王を討つ。そういう意味では彼は別次元に生きている。

……どんな気分なのだろう？

たったひとり、自分だけを区切って別世界に生きているというのは――正直言って想像もつかないけれど。

人間は、周囲と対等であることで自己を形成する。朱に交われば赤くなるというあの言い古された文言は、正しい。

類は友を呼ぶ、それもまた正しい。

呉越同舟《ごえつどうしゅう》もありえる。

結果船頭多くして船山に登ることもあるだろう。

つまるところ人間は社会的な動物であり、ひとりでは生きていけない――人は一人では生きていけないなんて、それこそ陳腐な言い回しだと思われてしまうだろうか？

だが――事実だ。

紛うことなき事実だ。

どんな天才でも観察する他者がいなければ何の意味もない。えーっと、わかりやすいたとえ話をするなら、年間百本のホームランを打つスラッガーがいたとしても、彼を雇う球団が存在していなければ、彼の打撃力は何にも活かされることがない、というような意味だ。

獣のように激しく生きていくには人は最早《もはや》肉体的にも精神的にもひ弱過ぎるし、植物のように穏やかに生きていくには人は最早肉体的にも精神的にも貪欲過ぎる。

孤独に生きていくことも。

孤立して死んでいくことも。

孤高に存在し続けることも。

この現代社会においてはおよそ不可能なのである
――いや、気が付けばただの当たり前のことを、随分と知った風につらつらと述べてしまってどうにも汗顔の至りだが、しかし話の肝はむしろここからであって、そんな当たり前のことにも、当たり前に例外がある。

孤独と孤立と孤高。

それを実現するすべはある。

およそ不可能だが――不可能ではない。

そしてそのすべを実践しているのが串中弔士という男なのだろうとわたしは推測しているのだが、勿論それは簡単なことではない。

現代社会において周囲との関係性を断ち切ることはそうそう容易《たやす》くはない――友達は作らないほうが難しいし、恋人も作らないほうが難しいし、家族も作らないほうが難しい。

勿論、敵も作らないほうが難しい。

関係は勝手に成立する。

自動的に成立する。

必要なのは、メンタルのタフネスだ。

耐久度が何よりも必要とされる。

……とんでもなく柔《やわ》く柔《やわ》らかく見える串中先生に耐久度など、それこそお笑い種《ぐさ》以外の何物でもないけれど。

連想的に思い出した。

彼女。

猫目の彼女はこうも言っていた。

「もしも運命の悪戯で、傍系の迷路ちゃん、きみが弔士くんに会うようなことがあれば――そのときは彼と将棋を指してみるといい。きっと彼という人間がわかるはずだよ」

と。

なるほど、これはいいことを思い出した――今度対局を申し込むとしよう。

もっとも、それはとりあえず、今の事態を片付けてからということになるのだろうけれど。

閑話休題。

第二の現場は音楽室である。

時代も時代と言うのだろうか、このご時勢、私立女子校といえど偏差値教育の波には逆らえず、芸術系の科目はどうしても後回しになる。そんなわけで千載女学園においても音楽の授業はなく、また、オケ部も悲しく命脈を保っている程度だ。ゆえに第二体育館同様に、この音楽室も普段からあまり使用されてはいなかったらしいのだが——

廃《すた》れた音楽室はこのたびめでたく、殺害現場として脚光を浴びることとなったのだった。

……『めでたく』は脚色が過ぎた、取り消そう。

趣味の悪い言葉だった。

しかしわたしのような常識人サイドの人間でも思わずそのような言葉を使ってしまうほどの現実感のなさだったと、そんな風に好意的に理解してもらえるとありがたい。

グランドピアノをご存知だろうか？

その名の通り三脚の大型ピアノで、その重量は軽く二百キロを越える。

そのピアノが逆さに引っ繰り返されて——ひとりの人間を押し潰していた。

なんだか、ピアノが意志を持って人間を食っているようにさえ見える、そんな戯画的な構図だった——非現実だったと言っていい。

そして、押し潰されているひとりの人間というのが、家庭科教師の通上先生である。

木々先生とは違い、外傷はありありだった。

というか、音楽室のフェルト敷きの床は血液なのかぺちゃんこに潰れた内臓なのか、とにかく赤黒い粘液で染まってしまっている。

臭いも酷い。

音楽室の壁には防音装置が施されているはずだが、どうだろう、防臭装置も施されているだろうか？

まあ、音楽室の数少ない備品であるところのグランドピアノもこれで使用不可能になってしまうだろうことを思えば、音楽室周辺の今後など、まったく心配する必要のないことなのだけれど。

「美学に欠けていますよね――必要事項だけを満たして、ただ殺したという感じです」

と。

しばらく黙ったあと、串中先生はそう言った――勿論わたしはこの音楽室において一人で通上先生の死体を眺めていたのではない、当然のことながら串中先生も一緒である。

というか呼び出されるままに学園に向かい、校門のところで待っていた串中先生に連れられて、わたしはこの音楽室へと来たのだった。

ちなみに。

音楽室の鍵は――壊されていた。

トンカチか何かの鈍器で、破壊されていた。

ひょっとしたら串中先生が壊したのかと思ったが、しかし、そういうわけではないらしい――最初から壊れていたとのことだ。

ならば普通に考えて。

壊したのは――犯人なのだろう。

通上先生を殺した、犯人なのだろう。

「ただ殺した？　そうは思えませんけれど」

わたしは言った。

やや大袈裟に首を傾げて。

そして続ける。

「グランドピアノをこんな風に引っ繰り返すなんて――とんでもない労力だと思いますよ。わたし、グランドピアノが引っ繰り返った絵面なんてこれまでどんな場面においても見たことがありません。ただ殺すだけなら、こんな大変な労力が伴う作業をする行程はありえないでしょう」

それを美学と言い換えるつもりは、わたしにはないけれど――少なくとも『ただ殺した』という風には見えない。

それともわたしに見える風景と串中先生に見える

風景は、まるで別物なのだろうか？

「いやいや、病院坂先生、ぼくは演出の話をしているんですよ。折角舞台が音楽室なのですから、それっぽいBGMでも流しておけばよさそうなものなのに——とか、そういった意味合いなんです。たとえば——」

串中先生は音楽室後方に配置されている収納棚を指差す。

そこには、今や生徒達には骨董品としてしか知られていないだろう記録媒体であるところのレコードが並べられているのだった。

「——あのあたりからクラシックの一曲でも選抜して、エンドレスで再生しておけば、いい演出になるとは思いませんか？」

「演出ですか。どうでしょうねえ」

わたしは更に首を傾げた。

これは単に串中先生の言うことに逆らいたかったというわけではなく、本当に、そのセンス——串中先生の言葉で言うところの美学——に同意できなかったのだ。

「いかさまベタ過ぎると思いますけれど。テレビドラマみたいで。BGMなんて流していたら映画や何かから影響を受けただけの劇場型犯罪だと思われちゃいますよ」

「見解の相違ですね——劇場型犯罪というその言葉は嫌いではないんですけれど。少なくとも愉快犯という言葉よりは好きですね。まあ、病院坂先生。この現場は視覚的、臭覚的に強烈な場面じゃありませんから、ならば聴覚的な何がしかがあってもいいだろうと、ぼくなんかは思ってしまうということなんですが」

串中先生はわたしの言うことを大して気にした風もなく、そう言って。

そして。

「とは言え、音楽の授業がなかった以上——その素養がなくとも仕方ありませんか」

と続けた。

それは。

それはいやに確信的な口調で、考えて結論を導き出したというよりは、ただただごく常識的に思ったことを口にしたというだけのようで——ともすれば聞き逃してしまいかねないほどに、自然な口調だった。

ゆえに、わたしはこの時点において、それを大して気にはしない——ただ、少しだけ心に引っかかっただけだった。読み返して初めてその意味がわかる伏線のように、少しだけ心に引っかかっただけだった。しかしそれを責められても心外だ、知り合いの死体を目前に——それも二日連続の死体を目前に、完全に冷静でいられるほどに、わたしは人でなしではない。

串中先生とは違う。

一緒にされたく——ない。

「ねえ、病院坂先生」

串中先生は、こちらを振り向かないままに、わたしに呼びかけてきた。

「今言ったことについては、確かにただの見解の相違なのかもしれませんが——しかしこの質問に対しては、できれば虚心で答えていただきたいと思うのですが」

「わたしはいつでも虚心ですよ」

これはただの嘘である。

合いの手みたいなものだ。

「なんですか？」

「これって連続殺人だと思います？」

「そりゃそうでしょう」

即答した。

身構えていた分、その質問は肩透かしだ。

訊かれるまでも答えるまでもないことである。

「同じ敷地内において二日連続死体が発見されれば——普通に考えれば、それは連続殺人と見做すべきだと思います。勿論、昨日の木々先生の不審死が串中先生の主張するように事故なのであれば、その限りではありませんが」

いささかの揶揄《やゆ》を含めてそう言うと、串中先生は「嫌な言いかたをしますねえ」と、悲しそうな顔をした。

本当に悲しそうな顔。

まるでわたしが悪者みたいだ。

「あの会議の時点ではそういうことにしておくのがベストだったというだけの話でしょうよ——ぼくだって今日、こうして続けざまに死体が出るとわかっていれば、違う方策を採っていました。どうして病院坂先生がぼくをそこまで過大評価しているのかわかりませんけれど、別にぼくは何も企んじゃいませんし、全てを予想しているわけでもありません」

「どうでしょうね。そうならいいんですが——本当にそうならいいんですが、でも、こうして二日連続で第一発見者になっているところを見ると、わたしでなくとも、事件に対する串中先生の何らかの関与は疑うでしょうね」

「昨日の事件の第一発見者はぼくではなくてあなたでしょう、病院坂先生」

そう言われた。

人に面倒ごとを押し付けておいて、言いも言ったりとはこのことだ。昨日わたしが受けた事情聴取がどれだけ鬱陶《うっとう》しかったか、声を大にして主張したいくらいだった——幸いこの教室は防音がきいていることだし。

「ま、でもね。ぶっちゃけて言うと、連続殺人になるだろうとは思っていましたよ」

しかし、続けざまにさらりと言った串中先生のその言葉にわたしは絶句してしまい、声を大にすることはできなかった。

連続殺人になるだろうとは——思っていた？

なんだって？

「ただ、このスピーディさは本当に、心底予想外でした。びっくりしちゃいましたよ。今朝始発で学園に来たのは、ただの用心以上の気持ちはなかったんですけれどねえ——」

「れ、連続殺人に——なると思っていたって」

「ん？　ああ、ええ」

複数回頷く串中先生。

別に、うっかり口が滑ったとか、失言だったとか、そんな雰囲気を露ほども滲ませていない——言うべきときに言うべきことを言っただけとでもいうような態度である。

「まあ、より正確に言うならば、既に連続殺人ではあったわけなのですが——しかしこればっかりはぼく個人では防ぎようもないことですからね。さては、どうしたものですか——困ったものです。ぼくには何とかしたいという気持ちが確かにあるんですけれど、どう何とかするのが、この場合は成功なんでしょうねえ」

「……意味がわからなくなってきましたけれど……どういうことですか、串中先生は何か、裏事情をご存知だということですか？」

「裏事情というほど大仰なものではありませんが、内部事情は『ご存知』ですよ。でなければ二日連続で第一発見者にはなれないでしょうよ」

またしても『言いも言ったり』である。

前言撤回するに迷いがない。

いや、前言を憶えてさえいないのではないだろうか。

「それでも……どう動くにしても、できることなら、病院坂先生には、その動きに協力していただきたいものですけれど」

「何故わたしが」

反射的に、そう反応してしまった。

相当本音が滲み出た発言になってしまったと思う。

「別に」

串中先生は、しかしまるで気分を害した風もなく（先程の『悲しそうな顔』が、単なるそのときの気分でしかなかったことがありありとわかる)、そう言った。

「それについては方向性がどうとか言うより、ぼくの単なるノスタルジーですよ。病院坂先生から見れば、こんなのただの虚言に聞こえるかもしれませんけれど、ぼくには学生時代を懐かしく思う気持ちもあるんです。卒業し損なった社会人としてはね。中学生の頃、あなたの素体であるところの病院坂先輩と共に探偵ごっこに勤しんだあの頃のことを思い出すと、ぼくは今でも心が幸福に満たされるものでして」

「…………」

それは——虚言だと思う。

串中先生の言うことは全部虚言に聞こえてしまうわたしではあるが、しかし、そういうのとは違う次元で、嘘だと思う。

だって。

わたしだって伝え聞いてはいるのだ。

あれは串中先生にとって——そういう事件ではなかったはずだ。

ノスタルジーに浸ることも。

懐かしく思うことも。

幸福に満たされることも——ないはずだ。

「それに、病院坂先生のお知恵を拝借できればとも思っていますし」

「……ですから、買いかぶらないでください。わたしはあくまでも傍系で、あくまでもバックアップです。あなたの知る本家の病院坂ほどのスペックはありません」

「その年齢で准教授ではありませんか」

「コネクションはありましたからね」

嘯くわたし。

実際のところわたしの准教授就任にはコネはあまり関係ないのだけれど、こう言っておいたほうが後が楽なのである。

病院坂というだけで期待されるのには、わたしのような存在にしてみればもううんざりなのだ——いずれ結婚するなり何なりして、さっさとこんな苗字は変えたいと思っている。

「それこそ中学生の頃の話ですが」

と。

唐突に串中先生は——思い出したのか思いついたのか——そんな話をし始めた。

「ぼくは悪戯で、落とし穴を掘ったことがあったんですよ。深さ一メートルくらいの穴だったんですが——結局、途中で飽きてやめちゃったんですけれど、そう言えばあの穴をちゃんと埋め直したかどうか、ぼくはよく憶えていないんですよね」

「……？　何が言いたいんですか？」

「いや、ひょっとしたら今もあの落とし穴は埋められることなくあのままになっていて、大きく口を開いて誰かが落ちてくるのを待っているのかなあ——とか思うと、何だか複雑でしてね。たとえば、将来を嘱望される女子中学生のアスリートなんかがその落とし穴に落ちてしまって、死にはしないにしても足を挫いてしまい、大きな大会への出場を逃し——人生を踏み外したとしたら。それでぐれてしまって、チーマーにでもなってしまったら」

「チーマーって……」

「夜、眠る前とか、布団の中でそんなことを想像すると——とてもじゃないけれど、ぐっすりと寝られるような気分じゃなくなるんですよね」

「いえ、ですからチーマーって……」

想像力が豊かなんだか発想が貧困なんだか、よくわからない。

いや。

その言葉のチョイスはともかく、この話に限れば、言いたいことはわかる。

わかるけれども、しかし——どうしてこのタイミングでそんな話をするのだろう？　中学生の頃の話だと言うから、てっきり、わたしの元ネタであるところの病院坂迷路さんが絡んだ話に繋がるのかと思ったけれど。

「だからと言って、今からその落とし穴を埋めに行こうにも、その正確な場所を覚えてはいませんし——下手をすれば、ぼくが作ったんじゃない落とし穴を埋めてしまうことになりかねませんし。結局、一度やってしまったことは取り返しがつかない、後悔しようと反省しようと無駄——ということなのですけれど」

「はあ……後悔も反省も無駄、ですか」

「ええ。ただし」

串中先生は言った。

真面目腐った顔で。

「更生ならば——無駄ではありません」

後悔でも。

反省でもなく。

更生——だ。

「特に若いうちは、そうですね」

「……興味深い話ではありますけれど、串中先生。時間もありませんし、そろそろ具体的なことを話し合いませんか？」

わたしは言った。

勿論時計のことも気になってはいるのだが、いや——わけがわからないけれどわけがわからないなりに、串中先生の話術に引き込まれそうになっている自分に気付いてしまったのだ。

「既にわたしは、木々先生の件において自分を第一発見者だと偽証してしまったわけですから——ここに及んでほっかむりを決めようというつもりはありません。ですから、串中先生のノスタルジーとやらに付き合ってあげるのもまったくやぶさかではありません——もしも串中先生の内側に本当にそんな気持ちがあるというのなら、ですけれど。しかしそれはそれとして、さしあたってはこれからどうなさいますか？」

「どう、と言いますと？」

「わたしはさすがにもう嫌ですよ、第一発見者として名乗りをあげるのは」

切り出される前に先に言っておくことにした。

協力するのはともかく、いいように利用されるのは嫌だ。

御免である。

「いくらなんでも不自然過ぎるでしょう――だからと言って、勿論串中先生にはそのつもりはないんでしょう？　体面やら何やらで」

今の話を聞く限り、単純にそれだけではなさそうだが――とにかく、串中先生は、変に目立つつもりはないらしい。

「そうですね。まあ、写メも十分に撮ったことですし、撤退するとしましょう」

少し考えて、串中先生は言う。

「欲を言えばこの現場においても病院坂先生に第一発見者となってもらって、事件にある程度のかかわりを持っていただければ、入ってくる情報も桁違いになるはずなのですが」

「やっぱりそんな腹積もりだったんですか」

「駄目モトでお願いするつもりだっただけですよ――どうせ断られると思っていました。そもそもそれで足を取られてもつまらない。通上先生には申し訳ありませんが、ここは見て見ぬ振りをするとしましょう」

色々言っているが、要は何事もなかったかのようにこの場を立ち去ろうということらしい。考えて出した結論のように見せて、音楽室に這入った時点で「手袋をつけてください。あたり構わず触らないように」と指紋対策をわたしに言い渡したことから推理すると、どうやら最初からそのつもりだったようだ。

駄目モトね。

使い勝手のいい言葉じゃないか。

まあ、反対する必要もない。

それがいい案だろう。

「でも、だとすると誰が、この通上先生を発見することになるんでしょうね？」

「多分今日中には発見される運びになるでしょう。昨日の職員会議に通上先生は出席されていました——殺されたのはそれ以降、恐らくは時間的には昨日の放課後、とかになるはずです。家に帰っていない、職場にも出てこない——ならば学園側として捜索しないわけにはいかないはずですから」

　昼休みまでには発見されるって感じですかね——と、串中先生は、適当な予想を口にした。

　ちなみにこの予想はぴったり的中することになるのだが、この時点ではそんなことがわかるはずもなく、わたしは、

「そうですか」

と頷くだけだった。

　頷くだけならタダである。

　そんなわたしに、

「それでは病院坂先生。ここでひとつクイズを出しておきましょう。昼休みまでに答を考えておいてください」

「は？」

　クイズ？

「ええ、クイズです」

　そして串中先生は、わたしの返事を待たずに——出題した。

「この音楽室で亡くなられている通上先生はバスケットボール部の顧問でした。そして昨日、第二体育館で亡くなられていた木々先生は、部員がひとりもいない、廃部寸前消滅寸前の存在とは言え、形式上、オーケストラ部の顧問だったのです。とするとどうですか、おかしいとは思いませんか？　バスケ部の顧問である通上先生こそが、バスケットゴールにぶら下がって死んでいるべきで、オケ部の顧問である木々先生こそがピアノに潰されて死んでいるべきで、それこそがあるべき本来の姿だとは思いませんか？　かすかですが、しかし確かなこの矛盾を解決することこそが——事件解決への近道だと、ぼくは

予測しますね」

2

串中先生が随分ともったいぶって口にしたその設問には、しかし、わたしは昼休みを待たずして答を出した。というか、その場ですぐに回答できた——即答である。

要するにそれは体格の問題だった。

第一の被害者である木々先生は割と小柄であり、逆に第二の被害者である通上先生は、まあバスケ部の顧問を務めるだけのことはあるとでも言うべきなのか、黄桃という可愛らしい名前には相応しからず、割と大柄だったのだ。

それがどうして理由になるのかと言えば、そう、第二体育館におけるバスケットゴールにて、まるで百舌《もず》の速贄《はやにえ》のごとくぶら下げられた木々先生の死体である——死体をあんな風に『展示』するためには、被害者が小柄であることが絶対条件だ。

ひとつには、まずはバスケットゴールのリングの耐久度の問題——基本的にあのリングは（当然のことながら）人体をぶら下げるためには作られていない。それこそダンクシュートでも決めて、しかしそのままぶら下がり続けていたら、プレイヤーの体重次第ではリングがもげてしまうこともあるそうだ。つまり、被害者が木々先生ではなく通上先生だった場合には、あの滑稽な画を実現させることはできないのだ。

そしてもうひとつには、リング云々以前に、犯人の体力、筋力、腕力の問題がある——脚立を使うにせよ何を使うにせよ、ひとりの人間をリングにぶら下げるというのはそれ相応のカロリーを必要とする仕事である。想像するに、その仕事量はピラミッド製作とは言わないまでも、モアイ像建設くらいには匹敵するだろう——いや、気分的な話だが。ならば被害者の体重は軽いほうがいい。そのほうが仕事量は少なくて済む——というわけである。

「さすがは病院坂先生。あの病院坂先輩のバックアップというだけのことはあります——」

串中先生は諸手を挙げてわたしの回答を賞賛した。

すげーインチキ臭い賞賛だったが。

一個も嬉しくない。

しかし串中先生はわたしのノーリアクションっぷりも気にせず、続けて、

「——これならあなたに探偵役を任せても問題なさそうですね」

そう言ったのだった。

探偵役。

変な言葉だ、と思ったが。

まあ気にしないことにした。

ちなみに、串中先生に対しては（出題者としてわかりきっていることだろうから）それ以上の回答はしなかったが、確かにその、見ようによっては非常にシンプルな理由は、事件解決の近道ではあるのだった。

少なくとも犯人像が相当に絞られる。

即ち、ある程度の合理主義者——串中先生の言う通り、それが『本来あるべき姿』と形容すべきものなのかどうかはともかく、多少の苦労をしたところで、第一の被害者が通上先生で、第二の被害者が木々先生であったほうが、事件としての見栄えはよかったはずだ。

少なくとも矛盾は感じまい。

整合性はあったはずだ。

木々先生を先に殺すべき理由が他にあったのならともかく、犯人が優先したのは『バスケットゴールにぶら下がる死体』という画そのものであり、逆に言えば、被害者の選出にはそれほど意味はなかったということになる。

だから最初からふたりとも殺すつもりだったのなら、通上先生を先にして、トータルでの完成度を上

げることもできたはずなのだ——しかしそんなことはしなかった。

楽なほうを選んだ。

労力の少ないほうを。

……とは言え、合理主義者という言葉の上には、やはり『ある程度の』という接頭語をつけておかねばならないだろう——そもそも合理主義者は殺人など犯さない、少なくとも日本という法治国家においては。

そして完璧な合理主義者ならばリングに死体をぶら下げたり死体をグランドピアノの下敷きにしたりはしない。

それこそ意味がなかろう。

裏を返せば、並々ならぬ労力を払ってでも——それは通上先生をバスケットゴールのリングに引っ掛けるよりも、観点次第では大変な労力となろう——一人の人間をグランドピアノの下敷きにしたかった理由があるということになるわけだが、そちらの理由のほうは現時点では不明だ。

そもそも一人の人間をリングに引っ掛けた理由のほうも、およそ想定できないのだが。

……さて、参考までに付け加えておくと、この推理は非常に大雑把で、穴がある。

恐らく現実的にはもっとも大きいであろう『たまたまなりゆきでなし崩し的にそうなった』という可能性を故意に排除して考えているのだ。つまりは非常に推理小説的な推理と言えて、要するにはまるで現実味がない。

リアリティに欠ける。

まあ現実味という話をするならば、そもそも二日連続で学園内において変死体が発見されること自体が現実味のない話なわけで、あまり深く、あるいは深刻に考えるようなことではないのかもしれないけれど。

いずれにしても串中先生のノスタルジー、換言するところの探偵ごっこの推理ゲームがどこまで本気なのかはともかくとして、とりあえず通上先生の死体が第三者によって発見されるまでは身動きは取れない。

わたしと串中先生は痕跡を残さずに音楽室を去り、そしてチャイムが鳴るのを待って今日のカリキュラムを予定通りにこなすのだった——通上先生の死体が発見されたら、さすがに明日からは休校になるだろうから、その辺のことを考えてキリのいいところで授業を終えるように心がけたりしてしまったが、この行為は軽率だったかもしれない。もしもこの後刑事コロンボが登場する運びとなれば、その訳知り的行為からわたしが犯人だと特定されかねない。

……いや、刑事コロンボはそんな間違った推理はしないだろうけれど。

でもまあ第一発見者であることは露見しよう。

「どうも。病院坂先生」

と。

一時間目、二時間目、三時間目の授業を終えて、ようやく授業のない四時間目になったところで、午後からの授業の準備をしていると、そんな風に後ろから、日我部《ひがべ》先生に声を掛けられた。

千載女学園の職員室はおよそ四つの島に区分けされている——一年生担当の教員の机が集められた島、二年生担当の教員の机が集められた島、三年生担当の教員の机が集められた島。四つ目は『その他』、芸術系科目の担当の教員の机が集められた島である——わたしが代理を務めている曾根崎先生は一年生の担任教師だったので、わたしが生息している島は一年生担当の島なのだった。

臨時教師と聞いたとき、もしもまかり間違って受験を控えた三年生の担当にでもなったらどうしよう、責任重大過ぎると不安がってしまったものだが、その不安は杞憂だったわけだ。

串中先生はスクールカウンセラー代わりを務めているため担任こそないのだが、同じく一年生の担当ということになっている（倫理教師が他にいないので、二年や三年の授業も担当はしているが）——しかし彼が一年生担当の島にいるのかと言えば、そんなことはなく。

彼はほとんど職員室にいない。

スクールカウンセラー代わりとして、生徒相談室に常駐しているのだ。

彼からこの学園の案内を受ける身としては、ことあるごとにいちいち生徒相談室に行かなくてはならないのが面倒で面倒で仕方がないが、四六時中串中先生と一緒にいると息が詰まるので、そういう意味ではありがたい話だ。

そして今、わたしに声をかけてきた日我部先生も——また同じく、一年生の担当者だった。

日我部昇生《しょうき》。

千載女学園には数少ない男性教諭である。

串中先生から、自分を含めて七名しかいない男性教師のひとりだと、赴任初日に紹介を受けた——同時に、結構なプレイボーイだとも。

串中先生が越えていない聖職者としての一線を越えているという噂も聞いている。女子校に勤務する男性教師はその造形にかかわらず、生徒からも女教師からも、かなりのモテ度を誇るという都市伝説を聞くが、それはさすがに言い過ぎだろう。

しかしまあ、見る限り日我部先生は結構なハンサムだし、彼に限ってはそういうこともあるのかもしれない。

わたしには関係のない話だ——まさか日我部先生もわたしに手を出そうというほどに見境なくもないだろうし。

繰り返しになるが、職員室における人間関係は教室におけるそれと何ら変わりがない。学校は小さな社会、という定型句があるけれど、これにわたしは異を唱えたい——学校が小さな社会なら、社会もまた小さな社会である。

何もかも、実に矮小で。

何ら変わらない。

小学生の頃、わたしは大人に憧れていた。

大人を尊敬していた。

わたしは今は駄目だけれど、大人になればちゃんとする——周りのふざけたガキ達も、二十歳を過ぎればちゃんとなる——そんな風に思っていた。

間違いだった。

勘違いだった。

大人になってもわたしはわたしのままだったし、周りのふざけたガキ達は、ふざけたままに二十歳を過ぎた。

神童は二十歳を過ぎればただの人だが、ただの人もまた二十歳を過ぎてもただの人なのである。脱皮するように、あるいは孵化《ふか》するように、どこかで何かが劇的に変質することなどなかったのだ。

で、つまるところ何を言いたいかと言うと、わたしは愛想のない人間なので教室では基本隅っこのほうにいたし、大学の研究室でも似たような感じで、そしてこの千載女学園の職員室においては、それに輪をかけて排他的だった。

自分は余所者でいずれここを去ると、そういう前提があるからでもあるのだが——ここで建設的な人間関係を構築したところでどうせ無為であるという前提があるからでもあるのだが。

しかしそれはひょっとしたら、孤独と孤立と孤高を実現している、あの串中先生の影響なのかもしれなかった——だとしたら虫唾《むしず》が走るくらいに嫌な話だけれど。

ゆえに。

つまり日我部先生と、きちんと話すのはこれが初めてのことになる。何度も言うと言い訳っぽくなるけれど、別にプレイボーイだという噂があるから避けていたわけではないのだ。

「次の授業の用意ですか？　病院坂先生」

見ればわかるだろうことを日我部先生は言って、基本的に空席になっている串中先生の席（隣だ）に腰掛けた。

「ええ――日我部先生」

わたしは頷いた。

学校というのは変な空間で、互いに互いを『先生』をつけて呼ぶのが暗黙の了解である。そんな業界は、あとは医師界と弁護士界くらいだと聞くけれど、わたしは未だに慣れない。大学の研究室は確かに医学系ではあったけれど、わたしも含めて誰も、相手の名前なんて憶えてないし。

「いやしかし、大変なことになりましたね――二年生の間では、やはり動揺が広がっているようで。私達の担当している一年生達は、木々先生とはそれほど接触があったわけではありませんから、まだ比較的落ち着いてはいるみたいですが」

「はあ」

気のない風に頷きながらも、わたしは内心、前置きもなく事件の話に入ったことに驚いていた――この人はこんな会話運びで日常生活に支障を来たさないのだろうか、と心配にさえなった。

が、よくよく考えてみれば、これはわたしの認識のほうがおかしい。

今、この学園でされる会話と言えば、何をおいても木々先生の変死体の話になるに決まっているのだ――何よりもホットな話題である。

やはりわたしは余所者の部外者として、事件のことをどこか他人事のように捉えているのかもしれない。

しかし日我部先生にとっては――形式だけの話をするなら串中先生にとってもそうではあるのだが、彼はとりあえず例外として――木々先生は職場を共にした同僚であり、たとえ木々先生に対して何の思い入れもなかったところで、無感動ではいられないはずである。

この上通上先生が死んだことまで聞かされたら、日我部先生はどんな顔をするのだろう――と考えると、やはりわたしとしても思うところはある。

言うわけにはいかないけれど。

思うところは、ある。

たとえ、思うだけならそんなところはあってもなくても同じだとしても。

「病院坂先生も災難でしたね。臨時教師として来ただけの学校でこんなことが起こってしまうなんて、実についてない」

わたしを気遣うように言うそんな言葉も、そういう観点で見れば、わたしを余所者扱いしているようにも思えた。

いや、これは被害妄想かな？

「別にわたしは災難とは思ってはいませんが――しかしまあ、不思議ではありますよね。一体どんな事故があればあんなことになるのか」

「……確かにそうですね」

どうしてか。

ここで日我部先生の反応がワンテンポ遅れた。

しかしわたしはそれを大して気にもせず、

「日我部先生には何か思い当たる節はありますか？」

と、こちらから質問を投げかけた。

会話はキャッチボールである。

そのはずだ。

「いやあ……私も木々先生とはそこまで付き合いがあったわけではありませんから……」

などと。

内容のない、当たり障りのない会話が続く。

結局日我部先生が本題に入ったのは、『この人は一体どうしてわたしに話しかけてきたのだろう？』と、わたしが怪訝に思い始めた頃だった。

つまり、タイミングとしてはベストだったかもしれない。

てっきり日我部先生としては『第一発見者』であるわたしから事件の詳細を聞き出そうという腹積もりなのだろうと読んでいたのだが（わたしが知る限りのことは一部串中先生のことを除いて全て昨日の職員会議で話してしまっているのだから、もしそうならば残念ながらわたしから話せることはもうなかったのだが）、それは全くの読み違えで、日我部先生が声を潜めて持ち出してきた本題は、

「串中先生のことなんですが」

だった。

「彼……怪しいと思いませんか？」

それは社会人の物言いとしてはいささか直截的に過ぎて、思わず息を呑むほどだった――近過ぎるほどに顔を近付けて来て、囁くように言った言葉だったにもかかわらず、わたしの心に染み入るようでさえあった。

「あ、怪しいとは？」

やや焦りながら、わたしは言った。

その焦りを隠そうというだけの余裕もない。

「どういう意味でしょうか――判じかねますが」

「いや、昨日の職員会議での振る舞いが、なんだかわざとらしいようにも思えてしまって……内密の話なんですけれど」

「はあ――わざとらしいですか」

わたしは意味もなく日我部先生の言葉を反復する。

何と言えばいいのだろう。

さすがに二十人も大人が揃えば、中には鋭い人間もいると言うべきなのだろうか――しかし失礼ながら、日我部先生はそういう点において鋭敏なタイプの人間には見えないのだけれど。

「わたしは別に、そうは思いませんが」

その件に関しては半ば共犯者のようなものなので、わたしはそう言わざるを得なかった。

わたしは決して正直者ではない。

しかしこの場合、後ろめたさは確実にあった。

「んん。そうですか……串中先生とよく一緒にいらっしゃる病院坂先生がそう仰るんでしたら、そうなんでしょうかね」

日我部先生は、わたしからの回答に不服そうではあったが、そんな風に頷いた。

「ただまあ、今日来ている刑事さんが、おかしなこ

とを言うものでね」

「刑事さん？」

事情聴取の続き——だろうか？　その言い方からすると、昨日来た人達とは違う、別の刑事のようだけれど。

「ええ。その刑事さんを、私が校長室まで案内したんですけれど……その人の話によれば、木々先生のあの変死体は、殺人の線に絞って捜査されるそうでして——」

「…………」

なるほど。

そんな話を聞いていたから、先程、わたしの『事故』という言葉に対する日我部先生のリアクションは一拍遅れたのか。

串中先生が職員会議において『事故』だと刷り込んだ効果も、さすがに警察機関が殺人と断定してしまえば、あえなく雲散霧消《うんさんむしょう》してしまう——ひょっとすると、逆にそう誘導した形になってしまう（いや、現実には誘導した形になってしまうというか、はっきりと誘導していたのだが）串中先生の立場が危うくなる可能性さえあった。

串中先生のことを（それが果たしてどういう意味合いなのかはともかく）怪しいと日我部先生が言い出したのは、あるいはその可能性のわかりやすい顕現なのかもしれなかった。まあ（重ね重ね失礼な話だが）日我部先生の洞察眼が鋭いのだとするよりは、まだそちらの可能性のほうがありそうにも思える。

ふうむ。

なんとなく、直感ではあるが——その刑事は危険かもしれない。そう思った。わたしの立場としては、できればその刑事とは会わないで済ませたいものだ。いや、立場と言うなら、曲がりなりにも『第一発見者』という立場上、それは非常に難しいだろうけれど……。

「しかし病院坂先生。わたしも串中先生とは、これでも長いんですけれどねえ」

と。

日我部先生は、そこから先は独り言のような調子で言ったのだった。

「というか、彼とはこの千載女学園で、同期でしてね——彼はわたしと同じ年に就任したんです。同じ年に男性教師がふたりも入ってくるなんて珍しい話ですから、わたしとしてはできれば彼と仲良くしたかったものなんですけれど……、どうにもこうにも壁を感じます」

「壁——ですか」

「壁に囲われている——とでも言いましょうか。病院坂先生は如何ですか？　串中先生と一緒にいてみて」

わたしは校長先生の指示で串中先生と一緒にいるだけであって、何も好き好んで一緒にいるわけではないのだが、日我部先生の言い方では色々と誤解を招きそうだった。


まあ、解くほどの誤解ではない。

わたしが我慢すれば済むことだ。

「うーん。人当たりのいいかただと思いますけれど」

曖昧な返答をするわたし。

あんまり人の悪口を言うものじゃない。

基本的にはね。

「もどきとは言え、カウンセラーとしても生徒達に人気のようですし」

これはわたしが言うまでもなく、それこそ同期の日我部先生もご存知であろう情報なのだが、話題を逸らす効果はあるだろう。

狙い通り話題は逸れた。

しかし——本題からは逸れなかった。

「以前、わたしの担任するクラスでいじめ問題が起こったことがあったのですが」

「いじめですか？」

「ええ。恥ずかしながら」

教師として情けない限りです、と日我部先生は言った。

「その際の話なんですけれど、いじめっ子グループのリーダーと、いじめられっ子が、それぞれ別個に串中先生のカウンセリングを受けたんです。一週間ほどの、ほんの短い期間のことでしたが。……どうなったと思います？」

「え？　そういう風に訊くってことは、解決しなかったんですか？」

「いえ――解決し過ぎたんです」

日我部先生はゆるりと首を振った。

憂鬱そうな仕草だ。

串中先生に相談して解決しない悩みはない――そう生徒達が言っていることは知っている。

しかし。

解決、し過ぎる？

変な表現だ。

「それがどうにも、不気味でしてね」

「不気味……」

「そのふたりは今三年生なのですが――学園内でも有名な親友同士になっていますよ。当時、わたしは単純に串中先生のカウンセリングの質の高さに感心したものですが――どうでしょうね。考えてみれば、怖い話ですよ。嫌い合い、いがみあってた者同士を、どうすればそんな関係に導くことができるのか――人間には気持ちというものがあります。映画やドラマのように、割り切って生きてはいけません――過去の確執を忘れることなどできるわけがないんです。罪を許すことはできても、罪をなかったことにはできないように」

「…………」

「なんだかこう――彼女と彼女を仲良くさせたら全てまるく収まるからそうした、って感じで、およそカウンセリングとは縁遠い乱暴ささえ感じてしまうんですよね――気持ちとか心とか、そういうのを全部無視して、駒をいい陣形に並べただけというか――言い換えればそれは、素朴ってことになるのかもしれませんけれど、でも――」

段々自分が何を言っているのかわからなくなってきたのか、日我部先生はそこで少し言いよどむようにして、それから、

「ああ、いけませんね」

と言った。

「根拠もなく人を貶めるようなことを言っては――仕方がなかったとはいえ自分の不始末を押し付けておきながら、よくありません。少し頭を冷やしてきましょう――」

そして、一方的に話しかけてきた日我部先生は、そんな風に一方的に話を打ち切って、席を立ち、一年生の島から離れていった――そのまま職員室から出て行った。

ふうむ。

まあ、これまで日我部先生の中で色々と溜まっていた――渦巻いて、鬱屈していた串中先生への潜在的な疑問が、今回の件を機に一気に噴出したという感じなのだろうか。しかし誰に言うわけにもいかず、串中先生のそばにいて、しかも部外者であるという絶妙の位置にいるわたしに話を振ってみた――そんなところなのかな?

やれやれ。

複雑な人間模様だ。

木々先生だけでなく通上先生まで殺されていることを知ってしまえば、日我部先生は更に串中先生を怪しむことになるのかもしれない。それは疑うというほどの積極的で能動的な感情を含まないにしても、串中先生にとってはあまり望ましいことではなかろう。職員室の中で日我部先生だけがそうというわけでもないだろうし。

串中先生の立場ももとより微妙なのだ。

女子校の中では、男性教師というだけで浮くものだし――この空気は実際に体験したものでないとわからないことだろうけれど。

……まあ、それもまた、やっぱりわたしにはかか

わりのない話だ——むしろ串中先生は少しくらい窮地に陥ったほうがいい。

ちょっとは困ればいいのだ。

わたしはそれを近くで眺めて、精々溜飲を下げさせてもらうことにしよう。

と、そんなことを考えていると、スピーカーからチャイムの音が鳴り響いた——四時間目終了のチャイムである。

昼休みに突入だ。

串中先生の予想通りならばそろそろ通上先生の死体が発見される頃合で、まあそうなるとちょっとした騒ぎになるだろうからその前にと、わたしは自分の鞄から手作りのお弁当を取り出した。

3

そして直後、先述した通りに、音楽室においてグランドピアノに押し潰された通上先生の変死体が発見されたのだった——しかし、それは、それだけではなかった。

同様に調理実習室において、備品の包丁によって滅多刺しにされた日我部先生の死体もまた、発見されたのである。

だいさん問

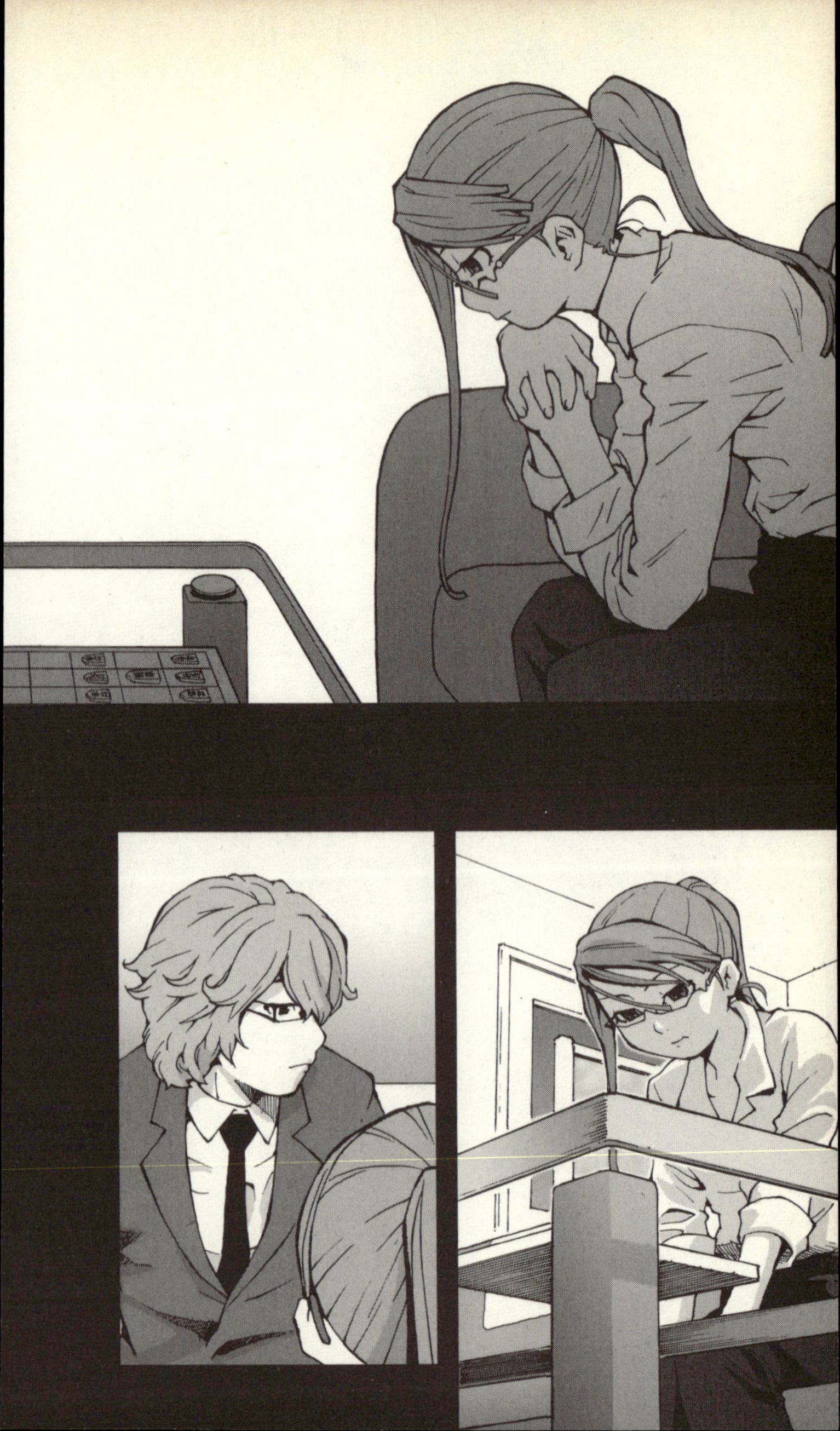

つまり、ゆえに孤独でなく。

つまり、ひとえに孤立せず。

つまり、ゆめゆめ孤高しない。

串中弔士はそこが違う——串中先生がたった一人の個人でも、その他大勢のひとりでもないのは、彼が世界平和を臆面もなく願い、馬鹿みたいに自分の幸せよりも他人の幸せを優先し、英雄のように我が身を犠牲にしてでも何かを守ろうと思い、聖者さながらに我が命よりも価値のある概念に出会ったことがあるからだ。

小動物を救ったことも。

枯れそうな雑草に水をやったこともあるだろう。

あるある尽くしだ。

色んな色々が、彼にはある。

しかし、ないものもある。

彼には——自分というものがない。

勿論、本人はあると思っているんだろう——自分自身の個性や独自性を何かしら所有しているつもり

1

恥ずかしながら、わたしは世界平和を願ったことがない。

自分の幸せよりも他人の幸せを優先したことがない。

我が身を犠牲にしてでも何かを守ろうと思ったことがないし、我が命よりも価値のある概念に出会ったことがない。

死にそうな小動物を救ったことも、今にも枯れそうな雑草に水をやったこともない。

ないないないないない、ないない尽くしだ。

それが一体どうした、そんなことは誰でもそうだ、当たり前のことを大仰に語るな——と思われるかもしれないが、しかしこれが結構重要なことで、だからこそわたしはたったひとりの個人であり、同時にその他大勢のひとりであるのだと、声を大にして主張できる。

でいるだろう。

しかし、わたしに言わせればそんなものはないのだ。

皆無であり――絶無である。

自分さえよければどうでもいいという人間は実のところそんなにいはしないのだが、そのレアささえ越える串中先生は、自分さえもどうでもいいと、そう放棄してしまっている。

自分がないからこその孤独であり、自分がないからこその孤立であり、自分がないからこその孤高である――そう考えればカウンセラーとして評価が高いのも至極頷ける。

普通、相談を受ければ、それを自分と照らし合わせて考える――しかしそんなことは基本的に無意味なのだ。

同じ痛みはあっても同じ苦しみはありえない。

同じ悩みはあっても同じ悲しみはありえない。

耐久度は個人個人によって違う。

だから――他人の相談に乗りたければ、個人を放棄しなければならないのだ。

無私で臨まなければならない。

虚心であり、無心でなければならない。

わたしの知る限り、それができるのは現世において串中先生くらいのものだ――だから正直言って、日我部先生から『いじめっ子といじめられっ子を和解させた』エピソードを聞いたときにも、正直そこまで驚きはしなかった。

それくらいのことはやるだろう、と思っていた。

彼には自分がなく。

そして相手の気持ちも考慮しない。

何もなければ――何でもできよう。

「クリエイターの十戒ってご存知ですか？」

いつだったか。

初対面から間もない頃――串中先生は言った。

それは取り留めのない話ではあった。

恐らく、脈絡も何もあったものではなかったろう。

わたしは素直に、

「知りません」

と答えた。

「知らなくて当然です。ぼくが昔考えたものですから」

そう言って、串中先生は笑った。

屈託のない、自然な笑みだった。

その笑みが、彼の中身が空っぽだからこその自然な笑みなのだとわたしが気付くのは、もう少しあとのことである。

「一、己の創造物を作品と言ってはならない（思い上がりもはなはだしい）。
二、他者の創造物を批判してはならない（同右。転じて、自己批判を怠ってはならない）。
三、創造に時間をかけてはならない（時間よりも値打ちのある創造物などない）。
四、己の創造物を解説してはならない（説明が必要なものは未完成である）。
五、自分のほうが先に考えていた、と言ってはならない（むしろ先に考えておきながら後塵《こうじん》を拝した不明を恥じよ）。
六、昔から温めていた発想を使用してはならない（発想は常に新鮮に。熟すとは、腐るという意味だ）。
七、失敗の言い訳をしてはならない（失敗に言い訳の余地はない）。
八、受け手を批判してはならない（批判はされるものであってするものではない）。
九、受け手を選んではならない（選ばれるのは常に自分）。
十、造物主を名乗ってはならない（それは呼称であるべきで自称するべきではない）」
すらすらと淀みなく、まるでアンチョコでもあるかのようにそう読み上げたあと、割とどうでもよさそうに、

「五条と六条を同じものと見做《みな》して、別の六条を追加するパターンもありますが、それを紹介するのはまたの機会と致しまして」

と付け加えた。

思い返してみるに、その別パターンとやらを聞く『またの機会』は、未だわたしには訪れていないことに気付いてしまったが、まあそれはいいとしておこう。

どの道、そこまでの話は前振りでしかなかったのだから。

串中先生は、続けて言った。

「いやはや、これに比べればぼく達教師なんてのは実に楽な職業です——実際のところ、教師には一戒しかない」

一戒ですか、と訊き返したわたしに対し、串中先生は軽く頷いて、

「一、教師は聖職者である——ゆえに、人間であってはならない」

と。

そう。

軽い調子で、決意も信念もなく、まるでおどけているかのように、そう言ったのだった。

だとすれば、やはり串中弔士にとって教師とは天職なのだろう——人間ならぬ人でなしの彼にとって、他にあるべき職業はないのだろう。

人でなしゆえの聖職者。

言うなれば。

彼ほどに教師らしい教師はいないのだ——これは決して『反面教師ゆえに』などというアイロニーを含めずに、そう言える。

言えてしまう。

漫画やドラマに、学生時代不良だった人間が成人してから型破りな教師となり、生徒を教導する——という筋のものがあり、わたしはそういうものを見るたび、『自分は子供の頃好き勝手やっていた癖に、そこにどういう折り合いをつけて他人を指導するのだろう』と思うものなのだが、一方で、それはなるほど、思いのほかいい案なのではないかとも感じるのだった。

勝利よりも敗北から学べ、と言う。

成功よりも失敗から学べ、と言う。

ならば過去に負い目のある者のほうが、後進に対して自分と同じ轍を踏まないように導こうと、より強く思えるものだろう——若者に対して自分のようになって欲しくないと思う気持ちは、誰しも持つものだ。もっとも、学生時代に不良であったことが、イコールで負い目であるかどうかは、また別の議論を待たなければならないのだが(わたしだって真面目なばかりの十代を送ったわけではない)。

他に本職を持つわたしは望んで教壇に立っているわけではないけれど、それを差し引いても、自分が教師に向いているとは思えない。

人でなし云々以前の問題だ。

わたしには生徒が生徒という集団以外には見えない。

団体であり個体ではない。

十年も歳が離れているわけでもないのに——彼女達はまるで別の生き物だ。

他の世界の生き物だ。

だが、串中先生にとっては、子供達は——『別』でも『他』でもない——ただの人間なのだろう。

職員室の同僚と、教室の生徒達の区別が。

串中弔士には——ついていない。

2

勿論休校になった。

当然である。

至極である。

予想通りである。

それでも串中先生は、なんとか通常通りの授業を行わせようと、色々あの手この手を画策していたようだったが——結論だけ言うと、その企みは失敗に終わった。

まあ彼の口八丁だって、全ての全てを自分の思い通りにできるわけではないという、それは世間的には非常に救いのある話ではあった。

もっともその点においては、わたしは彼の主張がわからないでもないのだ——それがどんな種類のものだとしても、学校という閉ざされた空間において何かしらの犯罪が行われた場合、『生徒達の心の傷を癒す』とかなんとかいう名目で、それこそスクールカウンセラーが導入されたりするが、それは対応として如何《いかが》なものかと、常々——紅茶を片手にニュースを見ながら——思っていたのだ。

子供の心はそこまで柔じゃないと思うのだ。

日我部先生は心配していたようだが、教師が殺された程度で、子供達は傷ついたりしないと思う——むしろさらっと流せるんじゃないだろうか？

子供の心がデリケートで柔だなんて、誰が決めたのだ。

冷たく、ドライ、無関心。

そしてタフ。

それもまた子供らしさではないか。


学校を休ませるよりは、無理矢理にでも今まで通りの生活を送らせるべきだという串中先生の主張は、だから正しくはあるとわたしは思う——同時に正し過ぎて無理があるとも思うわけだが。

まあ、それはさておき。

休校である。

とりあえず期限を一週間と定めての。

勿論、生徒は休校であっても先生は休校ではない——それこそいつも通りに学校に出てきて、様々な激務、後始末に追われることになる。教師が三人も抜けてしまえば、さすがに新たに人を雇わなくては授業が回転しなくなってしまうし、この教員不足が叫ばれる中、むしろそれが一番の課題かもしれなかった（わたしのように都合のいい人材などそういるものではない）。

心の傷とかPTSDがどうとか言うならば、それは教師陣のほうにこそ深刻であって、それは大人のほうが材料が古くなってる分傷みやすいということなのかどうなのか、何人かは、家で寝込んでしまっているそうだ。

まあ。

今やこの事件は『事故』などではあるはずもなく、むしろ『学園教師を狙った無差別連続殺人事件』として捉えるべきものになっているがゆえに、それもやむかたなしなのかもしれない。

『学校の中に殺人犯がいるかもしれないのに仕事なんかできません！　わたしは家でひとりで休ませてもらいます！』

そんな電話がかかってきたとかかかってきていないとか。

あんた次に死んじゃうよ、という話だが。

まあ余所者のわたしは心の傷ともPTSDとも縁がなく（傍系とは言え病院坂——である）、そして串中先生は言うまでもなく、普通に学校に出てこれてはいるのだが——わたしは余所者ゆえにそれほどの雑務に追われることもなく、串中先生は生徒がいないゆえにスクールカウンセラーとしての段取りもつけようもなく、休校中の千載女学園においては例外的に暇な立場だった。

この状況において暇だというのは、そんな気まずい話もないわけで、他人の視線に鈍いとは言ってもさすがにわたしも職員室にい辛くなり——

そして生徒相談室を訪れた。

相談に来た生徒をリラックスさせるためなのだろう、適度に質素で適度に片付けられた、やや広めのその部屋のソファに腰掛けて、串中先生と向かい合い——わたしは串中先生と将棋を指していた。

いつぞやの、病院坂本家の猫目の彼女の勧めを思い出してのことである。

ちなみに将棋盤は生徒相談室に常備されている串中先生の私物だった。

なんでこんなものを生徒相談室に常備しているんだと思ったが、相談に来た生徒をリラックスさせるためのアイテムなのだとかなんとか。

「これは元々、あなたのオリジナルの所有物だった将棋盤なのですが——こんな形でもう一度『病院坂迷路』と対局することになろうとは、ふふふ、さすがにぼくも予想してませんでしたね」

とは、串中先生の弁。

なんだか素直に嬉しそうだが。

だからわたしは元ネタの迷路さんとは別人で、あまり重ねて見られても困るのだ。

「病院坂先輩には結局一度も勝てませんでしたけれど、さてはてあれから十余年、リベンジマッチと洒落込みましょうか」

リベンジって。

だから元ネタへの恨みをわたしで晴らされても困るのだが……江戸の仇を長崎で討つのとは随分とわけが違うぞ。

が、しかし、結果として串中先生のリベンジは成功した——本家の迷路さんには申し訳ない限りだが、対局はわたしの圧敗だった。

三局指して三局負けた。

しかしそれは、取り立てて悔しい敗北ではなかった——いや、それは気持ちよく負けることができたとか、こんな風に負けるのならば悔いはないとか、そういう前向きな意味では決してなく、なんというかこう、まるで将棋を指した気にならなかったからである。

猫目の彼女の言っていた言葉の意味がわかった気がする——とは言っても、それこそ猫目の彼女と串中先生の対局は随分と昔の話らしいので、本当にそれが彼女の言いたかったことなのかどうかは定かではないのだが、とにもかくにもまたひとつ、串中先生のことが理解できた気がする。

違う、逆か。

またひとつ理解できなくなった、と。

皮肉を込めて、そう言うべきだろう。

とにかく串中先生は——早指しなのだ。

びっくりするくらいのノータイムで駒音を響かせ

る。

　本当に考えて指しているのか、それとも手なり手癖で指しているのか、思考している風も思索している風もなく、串中先生は盤面を俯瞰《ふかん》して——わたしが熟慮の末駒を置いたとほとんど同時に指すのだった。

　それもまた、妙手なのか悪手なのか判然としない微妙さ極まりない一手ばかりである——ひょっとして串中先生は定石というものを知らないんじゃないだろうかと、そんな風にさえ思わせるほどの微妙さなのだ。

　下手をすれば穴熊囲いさえ知らないのではとすら危惧させる——でも、それでいて、決定的なミスをするのかといえば、これがしない。振り返ってみれば、さながらタイトロープのような棋譜が出来上がっていることだろう。

　妙手なのか悪手なのか。

　確かなのは凡手がひとつもないということだけだ——全てが計算ずくのようにも思えるし、だとすれば串中先生は対局において心理戦を挑んでいると解釈すべきなのかもしれないが、しかし様相としてはまるで心理戦ではなかった。

　どころか、なんというか——そう、こういう表現をすれば一番的確かもしれない。

　機械と将棋を指しているようだった。

　ビデオゲームにおける将棋ゲームでＣＰＵを相手にしたときのような独特の空しさがあった——まあ、これはある程度将棋を趣味として嗜む人間になら、非常にわかりやすいたとえになるだろう。

　つまり。

　負けても悔しくも何ともない——である。

　そして多分、勝っても嬉しくないだろう。

　恋愛シミュレーションゲームでヒロインとハッピーエンドを迎えてもプレイヤーの現実が満たされるわけではないし、ＲＰＧのカジノでいくら稼いだところで預金通帳の残額に変化があるわけではない、それと同じだ。

遊びでやっているんじゃない。

将棋は現実であり。

ゲームではないのだ。

探偵ごっこは探偵でなく、推理ゲームが推理ではないように――だ。

推理小説の犯人を読者として看破したところで、人生の経験値は貯まらない。

そういう意味ではまるで味も素っ気もない、無為で無意味な時間を費やすことになってしまったわけだが、しかし串中先生のルーツがわずかながら垣間見えた気がしただけでも、わたしとしては十分に収穫だった。

そんなわけで、わたしは、四局目を指すにあたって、

「しかし」

などと、雑談を交えることにした。

対局中の会話はマナー違反だけれど。

もうマナーなんてどうでもいい感じだ――機械相手に居住まいを正しても詮方ない。

「通上先生だけではなく日我部先生まで殺されてしまうとは――驚きでしたね。わたし、直前まで職員室で彼と話していたんですけれど」

「ふむ。それについてはぼくも驚きました」

受け答えしながらも、やはり串中先生の指し筋はノータイムである。

「日我部先生が殺されるにしてももう少しあとのことだろうと思っていましたからね――このスピーディさにはおののきを禁じえません」

「……え？」

わたしの手が止まる。

顔を上げて視線を盤面から串中先生に移すも、串中先生のほうは、盤面を向いたままだった。

「串中先生、今の、どういう意味ですか？」

「うん？　どういう意味とは、どういう意味でしょう」

「ですから――その」

表現に困る。

あまりにもさらっと言われたので、聞き違いかとも思ってしまう。

いや。

聞き違い——だろう？

だって。

「今の言い方だと、まるで串中先生は日我部先生が殺されることを、あらかじめ予見していたかのようですが——」

「予見というほどのことはしていませんよ。ただまあ、そうなる確率は決して低くはないだろうと思っていただけです」

「……何故」

「何故とは？」

「だって——これは無差別殺人なのでしょう？」

わたしは言った。

少なくとも、職員室内においては——そういう話になっている。

学園教師を狙った無差別連続殺人だと。

無差別ということは、逆に言えば被害者の予想が立てられないということでもあり——気をつけようがないということでもある。

だからこそ自宅に引きこもってしまう先生も出てきたのだ。

「まあ、無差別殺人ですよ。被害者の選定、殺す順番にはさほど意味はないでしょう。殺しやすいところから殺しやすい機会を見つけて殺していっている——そんな感じでしょうか」

「物騒ですね」

わざと物騒な言い回しをしているだけのような気もするが。

しかし事実を偽ってはいない。

真実の確かな一面だ。

「でも、それならどうして日我部先生が」

「いえいえ、無差別は無差別でも、これまでの被害者を見ていれば、その母数は更に絞れるだろうってだけのことでしてね——」

「これまでの被害者って」

　いや。

　言いたいことはわかる。

　そんなことは殊更指摘されるまでもなく、今となっては自明のことでもある。

　第一の被害者。

　国語教師——木々花美。

　第二の被害者。

　家庭科教師——通上黄桃。

　第三の被害者。

　数学教師——日我部昇生。

　この三名には千載女学園に勤める教師であるという以外にも明確な共通項がある。

　それは即ち——

「——三人とも、男性ですよね」

　わたしは言った。

　わかりきっている、自明のことを。


「木々先生と通上先生は名前こそ女性風ですけれど、まさかそれで性別を取り違えるということもないでしょう。だから、現時点から観測するなら、この無差別殺人は、千載女学園に勤める男性教師を狙ったものであるという推測を立てることは可能ですけれど……、でも、それはやっぱり現時点だからこそ言えることであって、殺されたのがまだ木々先生と通上先生のふたりだけだったときには、予見のしようがないことでしょう？」

　男性が三人連続殺されてこそ、初めて立てられる仮説だ。

　二人では——まだ足りまい。

　判断材料として少な過ぎるはずである。

　だから、そう予想できるのは被害者が三人を超えてからなのだ。

「ですから予見などしていませんよ——しかし、病院坂先生。昨日、通上先生の変死体を発見した段階で、ぼくはやっぱり、そんな風には思ってはいたんですよ」

「思っては——いた」

「思いついていた、というべきですかね」

思いつき。

嘘つきではない——思いつき。

「でも——被害者はその時点で、まだ二人で」

「三人です」

串中先生は、遮るように言った。

勿論——その間も、将棋を指す手には一切ブレーキがかからない。

「通上先生の時点で——被害者は三人です」

「……何を言っているんですか？」

単純な合いの手としてではなく、わたしは本当に串中先生の言っていることがわからずに、そう訊いた。

「ひょっとして、学園のどこかにまだ発見されていないゼロ番目の変死体があるとか……串中先生は秘密にしているだけで実はその第ゼロ番目の被害者を見つけていて、だからこそそれが判断材料になり、そういう仮説を立てることができたとか、そういうことですか？」

思い出す。

言いながら——わたしは思い出す。

串中先生が、通上先生の死体を前に言っていた言葉を——『より正確に言うならば、既に連続殺人ではあったわけなのですが——』だったか？

既に？

既に連続殺人？

そう言っていた？

第ゼロの——被害者？

「嫌ですねえ、病院坂先生。ぼくは変死体を発見してそれで黙っていられるほど、非社会的な人間ではありませんよ」

どの舌が言っているのだろう。

まったく串中先生は二枚舌どころか、舌が千枚なければ追いつくまい。

千枚舌の串中だ。

「ただし——第ゼロ番目の被害者というのは的確な推理です、病院坂先生。これからはその名称を採用することにしましょう」

「え？」

「ほとんどご名答ということですよ」

串中先生はにっこりと微笑んだ——盤面を向いたままではあったけれど。

そして、空っぽの笑顔ではあったけれど。

「もっとも、病院坂先生が未だぴんと来ないのは仕方がありませんよ——だってそれは、病院坂先生が赴任してくる以前の話なのですから」

「わたしが……赴任してくる前？　どういうことですか——そんな話があるとは、聞いていませんけれど」

「聞いていないということはありえません」

だって。

と——串中先生は言う。

「だからあなたがここにいるんですから」

「……ああ」

傍系とは言え、わたしも病院坂。

決して鈍いほうではない。

それだけ言われれば——十分だった。

「曾根崎先生——ですか」

曾根崎領地《りょうち》。

英語教師。

現在入院していて——わたしは曾根崎先生の代理の臨時教師として、この千載女学園に赴任してきたのだった。

「……で、でも、第ゼロの被害者って——」

「曾根崎先生は階段から落ちたんですけれど——それはただの事故ということになっていますけれど、でもそれも怪しい話ですよね。場所が階段なのですから、後ろから——ひょっとしたら正面から、誰かに突き落とされたのだとしても、不思議ではありません」

「…………」

「曾根崎先生はただいま意識不明の重体ですから、確認は取れませんけれどねえ」

それもまた、さらっと言われたけれど。

意識不明？

重体？

馬鹿な——そんな話は聞いていない。

さらっと聞いていない。

聞いていないということはありえないと串中先生は言ったが、ありえようがありえまいが聞いていないものは聞いていない。

足を捻っただか何だかで、年齢を考えてとりあえず入院はしているけれど、曾根崎先生はすぐに復帰できるからその間の、ごく短期間、代理で教鞭を取って欲しい——ということだったはずだ。

だったはずなのに。

「…………」

………………。

騙された！

騙されてた！

「曾根崎先生の階段落ちの件以来、ぼくも色々と疑っちゃあいたんですよね——ただまあ、立て続けに木々先生と通上先生が殺されたので、色々と確信は持てました。ついでに、第ゼロ、第一、第二と、続けざまに被害者が男性教師だったことから——日我部先生、というか、この学園に勤める男性教師が続けて殺される可能性はあると心密かに思っていたのです」

「はあ——しかし、となると」

しかし、となると。

千載女学園が雇用している男性教師は総勢七名——だと串中先生は言っていた。

これは曾根崎先生を含んでの数字だったはず。

うち、四名が被害に遭って（曾根崎先生の件はまるで初耳だったので、わたしにはまだ確信はないが——とにかく串中先生の言うことを鵜呑みにするわけにはいかない）——残りは三名。

うち一人が串中先生、ということになるわけなのだが……。

「…………」

「ん？　どうかしましたか？」

「……いえ」

少なくとも、この気楽そうな顔を見ていると、『次は自分が殺されるかもしれない』という怯えはまるで感じられない。

わたしは男性女性以前にそもそもこの千載女学園の人間でさえないから、幸いなことにそういう不安とは無縁でいられるが——

つくづく人間らしからぬ男だ。

人でなしだ。

わたしは、取り立てて何の意味もないことだとは思ったが、

「日我部先生や——他の男性教師のかたに、忠告なさったりしたんですか？」

と、串中先生に聞いてみた。

すると、

「いえ、まさか」

との返事。

まさかって。

「そんなことを言ったら頭のおかしな人だと思われるのがオチですからね——自分の身は自分で守っていただかないと。大人なんですから」

「…………」

どこまで本気なのかわからない台詞である。

いや、はっきり言って、どこまでもどこからも、そもそも串中先生はどこにおいても本気でないことはわかっちゃいるんだけれど。

それでも日我部先生は、少なくとも串中先生の同期であるはずなのだが——そんなことは彼にとっては、何の思い入れにもならないか。

まあ、

『もっと落ち込むべきだ』

『もっと悲しむべきだ』

なんて、他人にマイナスの感情を強制するくらい、お寒いことはないけれど。

「……曾根崎先生が階段から落ちた件を事故ではなく殺人——殺人未遂だと思っているのは、串中先生以外にも誰かいらっしゃるんですか？」

「いやあ、どうでしょうねえ。あれに関しては、特に職員会議も開かれてませんし」

「誰かさんが誘導して事故だと思い込ませたということもない、と」

「やだな、病院坂先生。誘導して思い込ませるだなんて、そんな悪辣なことをする人間がこの世にいるわけないじゃないですか」

閻魔様の残りの一生は串中先生の舌を切断し続けるだけで終わるかもしれない。

そう思った。

「……串中先生が第二体育館で木々先生の変死体を発見されたのは、そういうことが起きるだろうと推測を立てていたからなんですか？」

「え？」

ようやく。

ここで——串中先生は顔を上げた。

その表情は『きょとん』としたそれで、素で驚いているだけにしか見えない。

どこまで鵜呑みにしていいか不明だが。

しかし、とにかく——素にしか見えなかった。

「いや、そう言えばまだ、串中先生が木々先生の変死体を発見した理由は謎のままだったなと思ってて……別にそれを無理に知ろうというつもりはなかったんですけれど、でも、今の話を聞いていると、ひょっとしたら曾根崎先生が階段から落ちた時点で既に、串中先生はそれを無差別連続殺人事件の幕開けと捉えていたんじゃないのかな——と思ってしまいまして、一応確認を」

答えたくなければ答えなくてもいい、それほど知りたくもない——というようなニュアンスを込めて、駄目モト（使い勝手のいい言葉）で言ってみた。

すると。

串中先生は首を傾げて、

「どうでしょうねえ」

と言った。

とぼけている風はない。

風はないだけで、これは確実にとぼけているのだろうが。

「ぼくは常に、あらゆる可能性を考慮するだけですから——将棋の棋士は百万手先まで読むって言うでしょう？」

「百万手って」

多分そこまでは読まない。

そこまでの数字になれば考えるだけ無駄だからだ——でもまあ、串中先生なら考えていてもおかしくはないな。

無駄を無駄と思わず実行できる人だ。

いや、逆か。

無駄を無駄と思いながら、それでも普通に実行できる人かもしれない。

「大体、そんなぼくにしたって、曾根崎先生が入院された時点では——被害者が男性教師に限られているとまでは確信できていませんでしたし。……いや、今に至ったところで、その可能性がすごく高いというだけで——次の被害者は案外女性教師かもしれませんしね」

「……次の被害者、ですか」

確かに事件がこれで終わりだとも思えない。

思える材料はひとつもない。

むしろ連続性や継続性を強く感じる。

「ええ。まあ、十中八九男性教師だとは思いますけれど——考えてみれば数字もぴったり一致するわけですし。ああ、いや、一致すると言っても、それはどうなのかな……迂闊なことを言うべきじゃないかもしれませんねえ」

自分自身の口で、妙に断定的にそう言っておきながら、しかしすぐに前言を翻すように、目を閉じて、それから次に目を開いたときには、盤面へと視線を落としていた。

迷っているのか?

違うだろうが、だとすれば珍しい。

「……串中先生。別にわたしは知っている情報を全て開示して欲しいとは思っていないんですけれど、この質問の答だけは教えてもらってもよろしいでしょうか」

「なんでしょう」

「犯人の目星はついているんですか?」

「ええ」

気のない風に——串中先生は頷いた。

もうこちらを見もしない。

「もっとも犯人と言うより、目星がついているのは犯人像なのですけれど——」

「犯人像」

ある程度の合理主義者——と、わたしはそう推測した。

しかし。

串中先生のいう犯人像とは、それだけの意味ではなく、もっと具体的なものなのだろう——ただ、わたしとしては、それを突っ込んで聞いていいものなのかどうか、躊躇するところだった。

そして躊躇したその隙間を狙うように。

生徒相談室の扉が——音を立てて開かれた。

ノックもなく。

乱暴に音を立てて——開かれた。

「聞かせてもらいたいもんだね、串中くん」

開いた扉の向こう側。

廊下に立っていたのは——ダークブラウンのスーツを着た、ノーネクタイの男だった。短く刈り込んだ坊主頭で、汚らしくない程度に無精髭を生やしている。

にやついた顔で、目を細めて。

楽しそうに——愉快そうに。

楽しくなさそうに——不愉快そうに。

にやついた顔で、目を細めて。

こちらを覗き込んでいた。

「その犯人像とやらを、是非とも」

…………。

新キャラ登場である。

3

調理実習室で発見された日我部先生の変死体に関する詳細を記しておくのを忘れていた。と言っても、彼の身体が備品の包丁で滅多刺しにされていた——以上の情報は、ほとんどないのだが。

ない、というよりわかっていない——と言うほうが、あるいは正確かもしれない。第一の被害者である木々先生、第二の被害者である通上先生の場合とは違って、わたしは(そして串中先生も)その現場を見てはいないのだ。

第一発見者が誰かも知らないのである。

ただ、軽く噂話に聞いただけでも、それがかなり壮絶な現場だっただろうことは予想できる——通上先生の押し潰された内臓どころの話ではなかっただろう。

何せ。

日我部先生は、調理実習室にあるだけの包丁全てで——刺されていたというのだから。

その数なんと十一本。

死体の状況としては、さながら奇術ショー、あるいは黒ひげ危機一発のようであったのではなかろうか。

目的が日我部先生の殺害だけだったなら、そこまでする必要は少しもない——つまり、木々先生をバスケットゴールのリングにぶら下げたことや、グランドピアノで通上先生を押し潰したのと同様の、それは死体に対する装飾なのだろう。

装飾。

ぞっとする言葉だ。

そうなると曾根崎先生の件は階段から突き落としただけと、その後の三件とはいささか毛色が違っているような気もするが――いちいちつまずいていては話が進まないので、それはここではさておくとしよう。

調理実習室一面、血の海だったらしい。

確かなことは、千載女学園において、これからは家庭科の授業は非常におろそかにされるだろうということだ――家庭科担当の通上先生も亡くなってしまったことだし。

付記しておくなら、家庭科担当の通上先生を音楽室で殺し、調理実習室で殺さなかったことは、やはり犯人が『ある程度の合理主義者』であることを示しているのかもしれない。

さておき。

唐突に――傍若無人に登場したその新キャラを、わたしはまずは、串中先生の知り合いだろうと思った。

彼が口にした『串中くん』という呼びかけ方がその根拠である――どことなくその響きに、旧知の間柄のような雰囲気があった。

しかし。

串中先生は、

「？」

と、目だけで扉のほうを見て、疑問そうに唇を尖《とが》らせたのだった。

この期に及んで将棋を指す手は止まらない――わたしに番が回ってきてしまった。

さすがにわたしは指せないが。

状況が見えない。

闇の中で籔の中だ。

「えっと……どちら様でしたっけ」

そして串中先生は言った。

将棋が停まったので、立ち上がって。

「どこかで――その、お会いしたことが――確か、えっと――」

串中先生は、いまいち読みきれないように、言葉を切り切り、慎重に踏み込むようにするが――しかし、新キャラのほうはそんな串中先生に構わず、後ろ手で扉を引いて、それからソファのほうへと大股で歩んできた。

当たり前のように腰を降ろす。

串中先生の真正面に――串中先生の真正面に、ということはわたしの真隣ということで、ちょっと窮屈なくらいの距離感だったから、わたしはその分横にスライドしなければならなかった。

それを受けて。

串中先生も座り直す。

二対一で将棋を指しているかのような構図になってしまった。

ありえない構図だが、しかしまあ、機械のような指し手を相手取る場面であるなら許されよう。

無論。

別に続けて対局するわけもないが。

「……失礼ですけれど、やっぱりお会いしたこと、ありませんよね？」

「あるよ」

確認するような言い回しの串中先生に、しかし新キャラは首を振った。

ぞんざいな物言いである。

「お前にとっちゃあどうでもいい、取るに足りないことなのかもしれないけれどな――しばらく振りに、もう一度自己紹介をしておこうか？　串中くん」

言って、その新キャラは。

スーツの内側から警察手帳を取り出した。

縦に開く――例のあれである。

「県警捜査課の伽島有郷《ときしまあるさと》だ」

「……？」

名乗られても、しばらくは串中先生は不思議そうな顔をしていたが（『なんでこの人は意味ありげに

自分の名前を名乗るのだろう？』という感じだ）、しかしおよそ十秒後、

「ああ」

と——膝を打った。

わざとらしく、でも、自然に。

「ふや子さんの叔父様じゃありませんか」

ぺこり、と頭を下げる。

あまりにも今更だったが。

「以前お目にかかったときとは髪型が違っていたので気付きませんでした——ご無沙汰しております。串中弔士です」

「知ってるよ」

串中先生の名乗りに、新キャラ——伽島刑事はぞんざいに答えた。

「お前は——変わらないな、串中くん。あれから十五年近く経つってのに」

「これでも随分大人になったつもりですけれど」

困ったように答える串中先生。

対応に困っているようにも見えるが。

……『ふや子さんの叔父様』？

十五年近く経つ？

ということはこの二人は——わたしの元ネタも関与したという例の事件の際か、その直後にでも面識があったということなのだろうか？

だとすれば。

わたしが彼女のバックアップだということは隠しておいたほうがいいのか——いや、普通に考えればそれは既に知られているだろう——ならばどう対応すべきなのだ？

「病院坂先生。このかたはぼくの中学時代の大親友の親戚でしてね——驚くなかれどんな嘘でも見抜くことができるという、恐るべきスキルを有する凄腕《すごうで》、、、、、辣腕《らつわん》の刑事さんなんです」

と。

串中先生は、わたしの心中を汲み取って、それに対して救い舟を出すかのように、言った。

どんな嘘でも見抜く?

じゃあ——下手な誤魔化しはしないほうがいいということか?

むしろ。

「病院坂先生か」

伽島刑事は言って、面倒そうにわたしを見た。

本当に面倒そうである。

なんだか、古いタイプの刑事という感じだ。

「第一発見者だっつー臨時教師だよな。まあ、知っちゃあいるよ——知っちゃあいるさ、勿論な。ふふん、病院坂ね。すこぶる厄介な連中だよ、俺達にしてみれば」

「……どうも」

目礼するわたし。

同時にわたしは直感していた——どうやら伽島刑事は、今回の連続殺人事件の捜査を担当しているようだが、多分日我部先生が言っていた『刑事』とは、彼のことのようだ、と。

なるほど。

だとすれば、しばらく振りだか何だか知らないが、どうもあまり仲睦まじい間柄ではないようだし、日我部先生があぁも串中先生をいぶかしんでいたのは、伽島刑事から何らかの示唆を受けたからなのかもしれない。

……ま、わたしが嘘をついたり誤魔化したりするまでもなく、伽島刑事は病院坂の事情についてはわかってくれているようだし、その点についてだけは手間が省けて助かったという感じか。

もしも『ふや子さん』——伽島刑事の姪御さん、串中先生の言うところの大親友——を巡ってなのか何なのか、何かこのふたりの間に変な確執があるようならわたしは席を外したほうがいいのかもしれなかったが——確執の有無に関してはともかくとして、伽島刑事は、

「しかし偶然ってのはあるもんだな——串中くん。てっきり俺は、お前とは二度と会わないとばかり思

っていたよ」

と、切り出した。

席を外すまでもなく、わたしの存在などあってなきが如しである。

これはこれで虚しい。

「しかもまた殺人事件と来たもんだ」

「あはは、前回と違って今回は伽島刑事が直接担当されているようですからね——あっという間に解決でしょう。ぼくの出る幕はありませんね。これは学校側としてはとても心強い」

「お前の出る幕なんて最初からどこにもねえよ」

言って。

そして伽島刑事は足を組んで、ちらりと将棋盤に目を落とし、

「相変わらずわけのわかんねー将棋打ってやがる」

と呟いた。

なんだか愚痴のような口調である。

うざったいと、心底そう思っているような。


「相手に勝とうって将棋じゃねーんだよな、お前の場合は——負けることにさえ、怯えていない。はなから勝負をしていない」

「はは。十四年前も同じことを言われましたっけ。懐しいですね。でも伽島刑事、ぼくも十四年前に言いましたけれど、将棋は打つものではなく指すものですよ」

「そうかい。じゃあ改めて言ってやろう。人間の指す将棋じゃねーよ、こんなの」

三局指してわたしが抱いた感想と同じようなことを、伽島刑事は言った。

「ただ——有利も不利もどうでもよくて、ただ、盤面を混乱させるための一手だけを探っている感じだぜ。カオスの製作にのみ血道をあげてやがる。盤面を泥沼の底なし沼にするために全力を尽くしてるってところか」

「買いかぶりですよ。ぼくだってちゃんと勝ちに行ってます」

「どうだかな」

わざとらしく肩を竦めて、

「で？」

伽島刑事は、話を最初に戻した。

「何だって？　犯人の目星がついてるんだって？　串中くん」

「ぼくもいい歳ですから、『くん』呼ばわりはご勘弁願いたいところなんですけれどね――ちなみについていているのは犯人の目星ではなくて犯人像の目星ですよ」

串中先生は言った。

この邂逅《かいこう》は、伽島刑事にしてみればあらかじめ心の準備をして臨んだものだろうが――過ぎた偶然とは言え、彼は串中先生が千載女学園に勤めていることはあらかじめわかっていた――串中先生にしてみれば突然も突然、青天の霹靂となる再会のはずなのだが、まるで戸惑った様子がない。

十年振りの再会に、思うところも何もないのか。


それともまさか、この状況さえ予想していたとでも言うのだろうか？

百万手先まで――読んでいた？

何を？

「犯人像と犯人は何が違うってんだよ。同じじゃねえか」

「犯人は、この場合は誰であっても同じことなんでね――それはあくまでぼくにしてみればってことですけれど。確かに警察のかたにしてみれば、そういうわけにはいかないでしょう」

「……意味もねえ持って回った言い回しも相変わらずか。本当に成長しねえな、お前は」

「あはは。やだなあ、伽島刑事。あんまり知ったような気にならないでくださいよ――というか、ぼくのことなんか気にしないほうがいいですよ。ぼくみたいな奴は放っておけばいいんです。そうすりゃ無害なんですから」

「……不夜子《ふやこ》にそう言っておくべきだったよ。そう言ってきかせるべきだった。お前みてーなクラスメイトの話を聞いた時点でな」

「しかしあなたは変わりましたね、伽島刑事。十四年前は、もう少し穏やかな人柄だったと思いましたが——アサルト刑事《デカ》なんて呼ばれながら地域住民に慕われる公務員の鑑のようなかただったはずですが——今じゃまるで名前負けしないようだ」

まあ昔は昔ですか、と串中先生は台詞を閉じた。

それから。

「伽島刑事に隠しごとをするほど無駄なことはありませんからね——正直にぶっちゃけたところをお話させていただきましょう」

と言う。

わたしはもう今更そんなことでは驚かないけれど、串中先生、この人、自分の父親くらいの年齢の人間を前にしても全然臆したところもなく、いつも通りの態度なんだな……。

いけしゃあしゃあ、である。

「……しかし、懐かしいと言えば懐かしい。ぼくがいて、バックアップとは言え『病院坂迷路』がいて、ふや子さんにダウト・スキルを伝授した『伽島』刑事がいらっしゃるとは——気分は同窓会ですよ。十四年ですか、十四年ですね。殺人事件だって時効になってしまうほどの、長い年月ですね」

「そう思えるのはお前だけだろ。いいからとっとと話せ。思い出話には今度ゆっくりと付き合ってやるからよ」

「では五つだけ」

串中先生は言った。

特に口調を改めるでもなく。

「ひとつ。まず間違いなく複数犯」

指を一本立てる。

「人間をバスケットゴールにぶら下げるくらいならともかく、グランドピアノを引っ繰り返すのは、どんな道具を使おうと一人じゃどう頑張っても無理ですからね——まあ少なくとも十人、現実的には十五人ってところですか」

そして、

「ふたつ」

と、二本目の指を立てる。

「恨み辛みで動いてはいない——恐らくはゲーム感覚で犯罪を犯している」

「ゲーム感覚」

わたしの相槌に、

「推理小説感覚、と言ってもいいかもしれませんね——どうも全体的に戯画染みている。リアリティがなく、実にコミカルだ。滑稽さというか、嘘っぽさが滲み出ています」

と、串中先生は言った。

それから三本目。

「みっつ。何らかのルールに則《のっと》って動いている合理主義者。しかしそのルールだけは守るけれど、そのルール以外は基本的にどうでもいいと思っているような節があります」

「合理主義者——」

ある程度の合理主義者。

わたしの予想と一致する。

身体が小さくて持ち上げやすそうだからという理由で、バスケットボール部顧問の通上先生ではなく、木々先生のほうをバスケットゴールのリングにぶら下げた——あるいは音楽室でBGMを鳴らすような、無駄な（犯人にとっては無駄な）装飾には凝らなかった。

無駄を避け、無料を歩む。

そんな合理主義者。

主義なんて言葉を、なるべくならここで使いたくはないけれど。

「よっつ。……いや、よっつめはここでは置いておきますか。飛ばしていつつめです」

残り二本の指を。

串中先生は一気に立てた。

「いつつ——当たり前ですが、この学園の関係者でしょう」

「……かっ」

伽島刑事は失笑するように、息を吐いた。

「訳知り顔で何を言うかと思えば、どれもこれも当たり前のことばかりじゃねえか――何が犯人像だ、馬鹿馬鹿しい」

「あはは、やっぱ本職のかたから見ればそうでしょうね――まあ十四年前だって、病院坂先輩やふや子さんに助けられながらの探偵ごっこでしたしね。それに――どう言い繕《つくろ》っても、望ましい結果が出たとも言えません」

「……本当、ふてぶてしーよ。お前は」

伽島刑事は。

将棋盤に手を伸ばし――駒をひとつ手に取った。

銀将である。

「参考にならなくて申し訳ないです」

「いや、そうでもねーさ――お前がそういう見解を持っている、あるいは見解を持っていると主張したがっているというだけで、見えてくる景色も大分変わってくる」

「持っていると主張したいって……本心ですよ。嘘偽りない本心です。伽島刑事には偽りの主張なんてしたって無駄でしょう？」

「まあ、そうなんだがな……その通りなんだがな。ただし、不夜子からも聞いてんだろ？　自分で自分を騙せる奴には、このスキルはまるで通じねえ。そして本気でやべえ犯罪者ってのは、例外なく自分で自分を騙せるもんだ」

「ぼくは自分で自分を騙したりできませんよ」

「それは十四年前の話だろう？　今はどうだかな」

「今もぼくは相変わらずです」

しれっと言う串中先生。

「そして――犯罪者でもない。善良な一市民ですよ――今では立派に税金も払っています」

「そうかよ。つまり俺の雇い主ってわけだ」

伽島刑事のほうも、そんな串中先生に対して、それほど気分を害した様子はない——まるでこれが通常のやり取りだと言わんばかりだった。

ふん、と。

伽島刑事は息をついた。

「それじゃあひとつ試してみようか——串中くん。串中くん、いやさ、串中先生。今からする質問に『知りません』と答えてみろ」

「は?」

「およそ犯人しか知らないような情報を洩らしてやろう——お前がそれを聞いてどんな反応を示すか、見てやる」

そう言って伽島刑事は、串中先生が頷くのを待たずに「調理実習室で死んでた日我部さんのことなんだがな」と、間髪入れずに続けた。

「包丁で滅多刺しにされていたのは知ってるな?」

「……『知りません』」

串中先生は乗った。

ノリのいい人——ということではないだろう。

手探りのようなものだ。

「十一本の包丁で滅多刺しにされていたんだ。知ってるな?」

「『知りません』」

「だけど——それはそれだけじゃなかったんだ。知ってるな?」

「『知りません』」

「十一本の包丁の他に」

伽島刑事は言った。

実に静かに。

「日我部さんの身体には——大きな裁縫鋏も一本、突き刺さっていた」

「…………」

「知ってるな?」

「……いえ」

串中先生は——

ゆるりと、首を振った。

「知りませんでした」

それは、言えと言われたから言った——というような感じではなかった。

言葉が二重鉤括弧でくくられていない。

ただ、それはわたしがそう思ったというだけのことで、伽島刑事はまた、違う感想を持ったかもしれない——伽島刑事にはわたしには見えない二重鉤括弧が見えたかもしれない。

伽島刑事は。

銀将をつまんでいたその指を——盤面に振り下ろした。

駒音が、高く響く。

直後、生徒相談室の空気が静まり返る——わたしは部屋の温度が数度下がったかのような錯覚も覚えた。

「……邪魔したな、串中くん。本当はもっとじっくりと腰を据えてお前とは話したかったんだが、生憎、時間がなくてね。それでも久し振りに会えて楽しかったぜ」

「それはどうも。ぼくも久しぶりにふや子さんのことを思い出せて、楽しかったです」

「ほざきやがる」

吐き捨てるように言って、伽島刑事はソファから腰を浮かし——余韻を残すこともなく、無駄な雑談に興じることもなく、勿論串中先生を振り向くこともなく、そしてこの場をあとにした。

唐突に来た彼は。

唐突に帰っていった。

閉じられた扉を見ていても仕方がないので、わたしは伽島刑事が駒を指した盤面へと視線を向ける——将棋には性格が出る。

果たして、伽島刑事の一手は——

「……あれ？　これ、詰んでません？」

「ん？」

言われて初めて気付いたかのように、串中先生も盤面を見る——人指し指でなぞるようにして数秒考え、

「ああ」

と言った。

「違いますよ、病院坂先生——銀はこの位置には動けません。うっかりすると見逃してしまいそうですけれど、ただの指し間違いです」

「指し間違い」

「もっとも、伽島刑事的にはわざとそうしたんでしょうけれど——わかりやすい宣戦布告ってことですかね」

「……ですか」

将棋には性格が出る。

ルールを破ってでも勝ちにいくというのが、あの刑事のスタイルということなのだと、そう捉えておけばいいのだろうか。

「どういう因縁があるのか知りませんけれど、串中先生、あの人から随分と嫌われてらっしゃるようですね」

日我部先生の怪しみようの比ではない。

あれはもうはっきりと疑っている。

あれではほとんど、串中先生を犯人だと目しているようなものだった——いや、気持ちはすげーわかるのだけれど。

わかるのだけれど。

ただ、串中先生が犯人というのはないだろうなあと、一方でわたしは、信頼とは違う意味で確信もしているのだ。

そうでなければ、さすがにこうして同じ部屋にふたりではいられない。

「まあ、可愛い姪っ子がぼくのせいで大層酷い目にあっちゃいましたからね——ぼくなんかにはわからないかもしれませんが、あの人の気持ちはわかりますよ」

「そうなんですか」

串中先生にもわかるのか。

彼の気持ちが。

「十四年前の件は別にふや子さんが犯人という訳で

はありませんでしたけれど——それでも彼女が犯罪の中枢近くに位置していたことは確かですからね。親戚がそんな立場にいたという事情があれば、伽島刑事の警察官としての出世への道は断たれたことでしょう。元々出世を望むような人間だったとも思いませんが——この十四年。あの人がどんな風に生きてきたのかを思えば、なんというか、実に頭が下がる思いです」

言いながら、串中先生は将棋盤の上の駒を片付け始めた——少しでも他人の手が入った以上、勝負はノーカウントということらしい。

意外とストイックな判断である。

これも性格だろうか。

「さてと、——しかし困ったものですね。伽島刑事が出てきた以上、この事件はそう間を空けずに解決に導かれることになるかもしれません」

「いいことじゃないですか」

学校側としてもとても心強いとかなんとか、あれこれおべんちゃらを言っておいて、何を困った風に言っているのだろう。

「一概にそうは言えませんよ。ぼくとしては穏便な形の解決を望んでいるわけでして、伽島刑事にそれができるかどうかは、正直言って微妙なところですから」

「穏便って」

どうして。

それはスクールカウンセラーもどきとして、事件が生徒達に与える影響というものを考慮してのことだろうか——と思ったところで。

わたしはある発想に至る。

それは——ごく自然な発想だった。

すごく自然な、発想だった。

「串中先生。もしかして」

「先刻、伽島刑事にぼくが申しあげた犯人像の話ですけれど——あれのよっつめ」

言って、串中先生は指を四本——立てた。

「なんだと思います？」

「……皆目見当つきませんが」

まあ逆に言えば、何とでも言えそうなものなのだが——あの場でわざわざ伏せたところを見れば、あるいは重要なことなのかもしれない。

わたしは訊いた。

「わかりません。よっつめはなんなんですか？」

「子供ですよ、犯人は」

言った。

串中先生は、犯人像の四つ目の条件を口にした。

「これは大人の犯行ではありません——非常に幼稚だ。ひたすら幼く、ひたすら稚拙《ちせつ》です。学はあっても美学がない——合理はあっても理に欠ける」

「で、でも」

子供。

更に、そのよっつ目の条件にいつつ目の条件——学校関係者という条件を加えれば。

ある結論が導き出される。


わたしは思い出す。

音楽室における、串中先生の発言を——またも思い出す。

犯人が殺人現場にBGMを流していなかったことに関する、串中先生のコメント。

音楽の授業が——何だった？

素養がどうとか……音楽の授業がないから、だったか？

そうだ。

『音楽の授業がなかった以上——その素養がなくとも仕方ありません』——だ。

「串中先生——それはつまり」

「ええ。つまり、突き詰めたところ」

頷き。

それから串中先生は結論を口にした。

「犯人は恐らく、本学園の生徒です」

／ だいよん問

W.C

1

串中先生のことばかり話すのもフェアではないと思うので、ここで少しだけ、わたしの話をしておこう。

それも出自。

アイデンティティ以前の、ルーツの話だ。

そうは言ってもそんな長くはならない、簡単に済む——いきなりさわりから話してしまうと、わたしこと病院坂迷路は減数手術を経て、この世に生を受けたらしい。

減数手術とは、母親が双子を妊娠したとき、出産に際してリスクが予想される場合に、あらかじめ胎内に宿った二つの生命のうち一つを間引く、人聞きの悪い言い方をするならば、いわゆる命の選択である。

わたしは本来双子だったのだ。

バックアップの癖に双子とはかなり笑わせるが、しかし考えてみればこれはとてもぞっとする話である——個性も独自性もあったものじゃない、性別さえも定かではないような段階で、わたしともうひとりのわたしは、選別を受けたのだ。

母がかかっていた主治医の気まぐれ。

選り好みならぬ選り好み。

ただの指運で——たまたまわたしは生まれてきて、たまたまわたしは生きている。

双子の入れ替わりも何もあったものじゃない。

トリックの入り込む余地もない。

ただの選別である。

勿論、そんなことを言えば誰しもそうだ——誰だって確固たる意志を持って、生まれたくて生まれてきたわけではない。どんな人間にせよ、生まれたことも生きていることも、それはもうどうしようもないくらい、たまたまである。

偶然以外の何物でもない。

そこに計画性はないのである。

……だからと言って——わたしの片割れは、確かに生まれてきたかったわけでも生きていたかったわけでもないだろうが——

だからと言って。

それでも死にたかったわけでも。

殺されたかったわけでもないはずだ。

わたしと同じく。

減数手術は母体に危険があるケースにのみ例外的に認められる行為であり、どうも調べる限りにおいて、わたしの場合もそうだったらしいから、母親やその主治医を責める気にもなれない——いや、逆に感謝すべきなのだろう。わたしがこうして生きていられるのは——彼らがわたしの片割れのほうを殺してくれたからなのだ。

わたしは礼を言うべきなのだ。

ただ。

ただ、できれば知りたくはなかった。

そんな事実。

一生隠しておいて欲しかった。

臨死体験どころではない——生まれる前から既に自分の身が死の危険に晒されていたなんて、冗談じゃない。本家の人間ならともかく、そんなアドベンチャー、傍系のわたしが経験すべき事柄ではないはずだ。

猫目の彼女は、

「きみのその経験はとても有益だと思うよ、傍系の迷路ちゃん——よきにつけ悪しきにつけ、よしあしを問わず、尊重すべきだ。トラウマだろうがなんだろうが、所詮個人を形作っているのは過去の経験でしかないんだからね。この僕にも辛い記憶はあるが、しかしその記憶もまた僕の財産だ。借金も財産だと言うだろう?」

なんて笑っていたのだが、しかし、それは第三者からの楽観的な意見だと思う。

それとも猫目の彼女は、それより壮絶な過去を有しているとでも言うのだろうか？

そんな財産を。

そんな借金を背負っていたとでも？

まあしかし、誇れるかどうかはともかくとして、確かに彼女の言う通りに、特異な過去を持つことは自身の指針ともなり得る。

誰だってそうだ。

自分を特別だと思うためには根拠が必要で——そして人間は、誰しも自分を特別だと思い込まなければ、ほんの一秒だって生存できないのだから。

串中先生のような例外を除いて。

2

第四の被害者と第五の被害者もまた、同時に発見されることになった——一週間の休校を経て、次の日のことである。

なんという速度だろう。

スピーディというか、もう瞬間芸だ。

即時性さえ、帯びている。

生徒が登校してくるようになって直後に犯行が行われたことを思うと、生徒が犯人だという串中先生の推測が正鵠を射ているだろうことは、もう間違いがなさそうだった。

というか、ことここに至れば、それは自明だろう。考えてみれば感心するまでもない、被害者の選出理由にしても犯人像のことにしても、串中先生の推理はほんの一歩、ほんの一歩だけ現実に先んじるだけなのだ。

名探偵的な閃《ひらめ》きとは言えない。

有意義な推理ではあるが、しかしそれは個人的に有意義なだけであって、それ以上のものではないのだ——事件を未然に防げる類のものではないし、また、犯人を特定できるわけでもない。

そんなことはできないし。

また、しようとも思っていないのだろう。

穏便に解決したい——というあの言も、どういうつもりで言っているのか、わたしの想像の及ぶところではないのである。

日我部先生のときと同じく、わたしは第一発見者でも何でもないので詳細な事情は把握していないので、ひょっとするとはなはだ無意味な情報を羅列するだけの結果になるかもしれないが、とりあえずは第四の被害者である陣野《じんの》先生と第五の被害者である鮫畑《さめはた》先生の死体状況を記述しておこう。

それは第一から第三までの被害者と同様に——奇異な現場だった。そうしてみると、第ゼロの被害者、曾根崎先生のことはやはりただの事故だったのではないかと思わせるほどに。

第四の被害者。

陣野経蔵《きょうぞう》。

体育教師である。

千載女学園の中庭、校舎と校舎に挟まれたところに位置するバラ園において——バラのツタにぐるぐるに包まれた状態で、陣野先生の死体は発見されたのだ。

バラのツタに絡まれた死体とだけ表現すればそれはなんとも耽美《たんび》で、ともすれば死体に対する装飾とすればアリなのではないかと思わせてしまうところがあるが、しかしこの場合、絡まれていた陣野先生は四十過ぎの脂の乗ったいぶし銀の中年教師であって、想像するに、あまり見栄えのいいものではなかったことだろう。

そして時を同じくして発見された——第五の被害者。

鮫畑錨《いかり》。

わたしと同じ英語教師。

……いや、そろそろ慣れ始めてしまっているが、わたしの本職は英語教師ではないのだが——それはともかくとして。

被害者という言葉を使うなら、彼が一番の被害者であると言わざるを得ない——第一ではなくとも一番の被害者だ。少なくとも、それがどれほど無残な結果になるとしても、まだしも陣野先生のように、バラに絡まれていたほうがよかっただろう。

彼の死体はトイレで発見された。

しかも女子トイレの個室である。

その縁を抱え込むような姿勢で、顔面が便器に突っ込まれていた——ご愁傷様という他ない。死にかたに浮かばれるも何もあるとは思えないが、そんな死にかたをするくらいなら死んだほうがましだ。遺族の感情を思うと、それはこれまでの誰に対するよりも死体に対する冒瀆《ぼうとく》である。

何にしても、どんな理由、あるいは主義があるのか知らないが、死体をいじくって『遊ぶ』など実に児戯じみていて、なるほど子供の犯行だと犯人像を立てた串中先生は正しかった。

当たり前だが。

解除された休校措置は、直後に再発動されることとなった。

束の間でさえなかった。


まあ学校側としては運のいいことに、現在在籍中の生徒の親にマスコミ関係に顔が利くお偉いさんがいたということで、この無差別連続殺人事件は報道ベースには乗っていない。あくまでも部外者のわたしは詳細を教えてはもらえないのだが、しかしそんな圧力をかけられる人間が実際にいることに関しては驚きを禁じえなかった。権力というのは本当にある力なんだと、この歳にして学ばされてしまったものである。

もっとも。

それももう——時間の問題だろうが。

被害者が三人から五人——串中先生の主張を容《い》れれば六人——に増えてしまえば、さすがに抑えきれまい。

限界はとうに越えている。

わたしとしても、これから起きるであろう大嵐に巻き込まれないよう、何とか大学側に掛け合って研究室に戻してもらうよう働きかけたほうがいいのかもしれない——無駄だろうけれど。

教師不足どころの話ではない、元々決して多くない教員のうち、約三分の一にあたる六名までが抜けてしまったのだ——学校側がわたしを手放してくれるとは、とても思えない。

死なばもろとも——なのか。

毒を喰らわば皿まで——なのか。

ここまで来れば、わからないけれど。

まあどちらでも同じことだ。

しかし、わからないと言えば、それにつけてもわからないのが串中先生の動向だった——七人の男性教師のうち六人までがいなくなってしまい、たった一人残されたというのに、その状況においてさえどこ吹く風で——

彼は普通に学園に出勤してくるのだった。

休暇を取ることなく。

『学校の中に殺人犯がいるかもしれないのに仕事なんかできません！　わたしは家でひとりで休ませてもらいます！』

ではないが。

しかし状況がここに至れば、警察に保護を求めるのが当然だ。串中先生の保護などあの伽島刑事がすんなりと応じてくれるとは思えないが、しかし対応としてはそれが一般的なはずである。

教育者としての責任が云々とか、社会人の道義が云々とか、串中先生はもっともらしいことを言っているが、しかしそんな言葉ではさすがに周囲が納得するわけではなく、今や職員室において彼は、これまで以上に奇異の目で見られている（勿論、巻き込まれるかもしれない、巻き込まれたくない、という、至極普通の不安もあるのだろうけれど）。

そんなデリケートだとは思わないけれど、その視線を嫌ってなのか、ただでさえ職員室に寄り付かない串中先生は、完全に生徒相談室に引きこもってしまった。

まあ。

別に彼を心配する筋合いはないし。殺されたところで、そこまで無用心なら自業自得だとしか思わないのだが。

とは言えわたしもまた、ぎすぎすした雰囲気の職員室には居辛くなってしまい、正直部外者としてすることもないわけだし、なんとなく——串中先生と一緒に、生徒相談室に引きこもる運びとなったのだった。

そして。

3

運命のその日、職員室に寄らず、直接生徒相談室を訪れたわたしは、扉を開けて、ぎょっと驚くことになる。

ソファに見ず知らずの女性が座っていたのだ。

しかもかなりの美人である。

学園側が殺された先生達の代わりに雇った新しい常勤講師のかただろうか、いやしかしいまいちそんな雰囲気ではないし、もしもそうだとしても、この時間にここ、生徒相談室にいる理由がない——と、瞬間的にそこまで考えたところで、

「あれ？　どうしてここに？」

と。

わたしの後ろから声がした。

振り向けば、そこにいたのは串中先生である——どうやら今日はわたしのほうが先にここに到着してしまったらしい。あるいは串中先生は、どこかに寄っていたのだろうか。

「……忘れ物、届けに来たの」

女性はそう言って、テーブルの上に置かれた包みを指差した——それはどうも、お弁当箱のようだった。

「ああ。それはそれは——どうもありがとうございます」

言いながら串中先生はわたしの脇を抜けて、室内

に這入る。

「でも、今この学園は危険ですから、早く帰ったほうがいいですよ」

「……でも」

「早く帰ったほうが」

女性が何か言いかけたのを。

串中先生は——同じ台詞で遮った。

「いいですよ」

「…………」

しばし、女性は沈黙し。

それから、

「それじゃあ、喜んで帰らせてもらうわ」

と言った。

そして彼女はわたしに小さく一礼し、生徒相談室を出ていった——足早に廊下を歩いていって、すぐにその姿は見えなくなってしまう。

「……あの人、どなたですか?」

わたしは女性の背中を見送ったあと、生徒相談室の中に這入って扉を閉める。そしてソファの、先程まで女性が腰掛けていたのと同じ位置に座り、串中先生に訊いた。

「お姉さんですか?」

「お姉さんと言えばお姉さんですけれど」

串中先生は言った。

女性が持ってきたお弁当箱を手にとって——そして反対側の手の、薬指を示して。

その薬指には——別に指輪は嵌められてはいないけれど。

「姉さん女房ですよ」

「…………?」

言葉の意味がわからない。

疑問しかない。

大量のクエスチョンマークが、わたしの頭の上を乱舞する。

「……って、えええ!? 串中先生、ご結婚されてたんですか!?」

「あれ？　言ってませんでしたっけ？」

むしろ自分のほうが意外だと言うように、首を傾げる串中先生。

いやいや、初耳もいいところだ。

この生活観も生活感も皆無な串中先生が、まさか家庭を持っていたとは——何と言うか、あまりにも、あまりで、あまりである。

所帯じみた感じがまるでないから、当たり前みたいに独身者だと思っていたけれど……いや、でも、確かに——串中先生ももう二十代後半なのだから、結婚していて全然おかしくない年齢ではあるんだったか……。

いやあ。

でも……いやあ、だ。

言葉が皆無である。

「そうでしたか——ぼくとしたことがうっかりしていました。どうにも抜けてますね、ぼくも。ならばいい機会だったのだから、ちゃんと紹介しておけばよかったです」

「……なんで結婚したんですか？」

これは柔らかいものの訊き方で、わたしの気持ちとしては、『なんで結婚できたんですか？』と訊きたかったのだ。

しかしそんな意図は伝わなかったらしく、

「さて、どうしてだったでしょうね——家に帰ったら誰もいないという環境に、ぼくが耐え切れなくなったことが最たる理由でしょうか」

と、意味もなく味のある答を返してきた。

腹が立つ。

いや、腹が立つ理由もないのだが。

「……まさかお子さんもいらっしゃったりなんかしたり、します？」

「そろそろ二歳になる、黒士《くろし》という名の男の子が」

さいですか。

わたしはもう、声に出して相槌を打つこともできなかった——なんかこう、串中先生に抱いていたこれまでの印象が、全て引っくり返ってしまいかねないほどの衝撃だった。

世の中何が起こるかわからない。

今ほど、その言葉の意味を実感できたことはなかった。

「でも串中先生……奥様、お弁当を届けに来たと仰ってましたけれど――本当はきっとそれは口実で、串中先生を心配してここで待ってたんじゃないでしょうか？」

「ああ」

言われて初めて気がついたかのように、手を打つ串中先生。

「そうだったのかもしれませんね。そうか、そうでした。彼女が本当のことなんて言うわけがありませんでした」

「？」

変な言い方だ。

素直じゃないという意味だろうか。

まあいいか。

「それなのにあんな追い返すようにしちゃって。いいんですか？」

「まあ――帰ったら怒られそうですが。やれやれ、本当、うちの細君はいつまで経っても嘘しかつかなくて困ります」

困ったように頭をかいて、串中先生はお弁当箱を、ひとまず脇へと避ける。そしてこの話はこれで終わりだというように、

「それで、今日はどうします？　相も変わらず暇で気ままな毎日ですけれど、どうです病院坂先生、久し振りにまた将棋でも指しますか？」

と、将棋盤を指差した。

……いや、もう金輪際、串中先生と将棋を指す気はない。そもそもわたしは、将棋よりもチェスのほうが好きなのだ。

将棋は駒がオシャレじゃない。

それに。

わたしはこの状況、串中先生が死のうと殺されようと、それは自業自得だと考えていたけれど、しかし女房子供がいるとなれば話がまるで別である――話を終わらされるわけにはいかない。

勝手に串中先生のことを、放蕩無頼の人間だと思っていたけれど、いや実際そうなのだろうけれど――

孤独で。

孤立で。

孤高だと思っていたけれど。

そんな人間であっても、家族があり、家庭があるのだとすれば話は全然違う。

殺されてはならない。

死んでは――ならない。

そう思う。

「串中先生……やっぱりしばらく休暇を取られたほうがいいんじゃありませんか？　仰る通り暇で気ままで、どうせ仕事なんかないじゃありませんか。こう、なんていうか……ほとぼりが冷めるまで」

「おやおや。どうしたんです？　病院坂先生。急にそんなことを言い出して」

「茶化さないでください――真面目な話です」

「真面目な話ですか。そうですねえ」

串中先生は。

ややシニカルな風に、わたしの言葉を受けて――そして随分とわざとらしく、肩を竦めてみせた。

「まあ、ぼくにはぼくの考え方があるんですけれど――しかし確かに、いくらぼくでも、殺されたら死んじゃいますからね」

「当然です」

「でも――なるべくなら休みたくはないんですよ。逃げるのは男らしくないですから」

「男らしさだなんて」

この状況で。

男性であるがゆえに狙われているこの状況下において――何を言っているのか。

ふざけている。

たまにこちらが真面目に心配してあげるとこれだ。しかし串中先生も串中先生で、ふざけているなりに真面目だったようで、

「何にしてもぼくは、自分の知らないところで物事が進行していくのを静観してられるタイプの人間じゃないんですよね――自分の知るところで物事が進行していくのを静観するタイプですから」

と言った。

……その違いはよくわからないけれど。

「別に何かをしようってわけでもないんでしょう？探偵ごっこの推理ゲームにしたって――どうせ思いつきなんでしょう？」

「そうですね――ただ」

それでも。

終わりは見届けたいんですよね――と。

そんな風に串中先生は言った。

「それに、病院坂先生。ぼくも馬鹿じゃありませんから、最低限、自分の安全くらいは確保していますよ」

「確保って……」

「暫定的にですけどね……そうですね。いい頃合ですし、もう言っちゃいましょうか。スクールカウンセラーとしてはやや守秘義務違反になってしまうかもしれませんが、しかしこれは噂話に類する話ではありますし、万が一――百万が一、ぼくの身に何かあった際には、伽島刑事にこの話を伝えておいてください」

まるで遺言のような前置きをして――それから、串中先生は言った。

わたしの返事を待とうともしない。

「現在進行中の、この連続殺人事件は――ある一定の法則に基づいて行われているんですよ」

「……法則、ですか？」

「ええ――ルールです」

ルール。

それは犯人が守ろうとしているルールだろうか。

「こんな風に確信を持って言えるまで、随分と時間をかけてしまいましたけれど。まあここまでくればおよそ間違いないでしょう」

「法則と言いますと」

わたしは考えて、言った。

「男性教師だけが狙われている、とか」

「それは違います。それは違う主義に基づいて行われている、いわば、ただ単にいていることに過ぎません――あるいは、ただ単に数字が一致したというだけのことで」

「数字？」

あれ。

そう言えば以前にも――串中先生はそんな言葉を使っていたような気がする。

数字の一致？

何の数字と――何の数字が一致したというのだ？ぴったり？

「……法則というなら、あれですよね。つまり、死体状況に何らかの――何らかの無意味な装飾が施されているということですよね？」

「さてさて。あれを無意味と決め付けていいものかどうか」

串中先生は言った。

はぐらかすように。

「結論から言ってしまえば今回の事件はですね、病院坂先生――つまるところ、いわゆるひとつの見立て殺人なのですよ」

「み、見立て？」

「ええ。数ある推理小説のコードの中でも、最も現実から距離のある、リアリティから程遠いと言われるテーマです」

「…………」

そう言えば聞いたことがある。

古い推理小説なんかではよく見る主題だ――死体を意図的に別の何かになぞらえて表現するという行為のことだったはずだが、しかし――

「密室なら有り得る。ダイイングメッセージも有り得る。ミッシングリンクもないではない――双子の入れ替わりも操り殺人も、チャレンジしようとした猛者《もさ》はいるでしょう。しかし見立て殺人というのは、多分歴史上に数件もないはずです――実際、あまりに意味がない」

「意味が――」

決めつける以前――既に無意味。

「だってそれは、犯行の隠匿とは何の関係もありませんからね。現実の殺人事件では、見立てではなく見せしめという意味合いになってしまうでしょう。探偵に対する挑戦にさえもなっていない。はっきり言って推理小説のテーマとしてははぐれていて、わけのわからん犯人の猟奇性の一表現にしかなりません」

「猟奇性……美学って奴ですか」

「美学ではありませんよ。ただの学です」

「学……」

でも、とわたしは言う。

わたしの記憶が正しければ、確か見立て殺人が推理小説で取り扱われるときは――

「見立てはあくまでも表層であって、その見立てを隠れ蓑にして、何か不都合なことの隠匿を試みる、みたいな使い方をされますよね。たとえば……女性を男性に見立てて男装させてみたのは、自分の血液が付着してしまった女性の服を回収することが目的だった……とか」

うろ覚えの知識もいいところだが。

概《おお》ね、外してはいないはずだ。

「ええ。まあそれが、かろうじて現実的な線でしょうね――でも、今回の件は違います。今回の件は、掛け値なく見立て殺人なのです。そこが困った点なわけでして」

「見立て――でも」

だとしたら。

一体何に見立てているというのだ？

バスケットゴールにぶら下がった木々先生。

グランドピアノに押し潰された通上先生。

包丁で滅多刺しにされた日我部先生。

バラのツタに絡まれた陣野先生。

便器に突っ込まれた鮫畑先生。

彼らは一体――何に見立てられていると言うのだろう。

それがこちら――観察者側に伝わってない以上、見立てとして成り立っていない。

見立てとして成立していない以上。

見立てとは――言えないのではないか。

「階段から突き落とされた曾根崎先生を忘れてますよ、病院坂先生」

「ああ、そうでした――けれどそれを含めたところで、取り立てて何も見えてきませんが。……あの、串中先生。別に催促するわけじゃありませんが、さっきから全然結論から言ってないと思うんですけれど」

「既に結論は述べていますよ。述べ終わっています。ただ、これもまた、病院坂先生にぴんと来なくとも無理はありません――と言うか、多分現時点で彼らが何に見立てられているのか勘付いている大人は非常に限られていて、きっとぼくだけだと思いますよ」

「……え？」

その言い方が気になった。

勘付いている大人？

人間ではなく――大人と言ったか？

その条件のくくり方は、つまり――

「……つまり、子供達にとっては、被害者の先生がたが何に見立てられているのかは明白だって意味ですか？」

「ええ。多分、噂にもなっていることでしょう」

わたしの質問に。

串中先生は頷いた。

「それは子供達だけの噂だから外に漏れることはほぼありません。先生がたは勿論、保護者のかたにさえ、警察のかたにさえ、ね。そもそも大人にしてみれば馬鹿馬鹿しい話ですしね——ぼくはスクールカウンセラーもどきという微妙な立場上、たまたま知っていただけです」

まあ、さすがにそろそろ漏れる頃かもしれませんが——と言って。

そして串中先生は、

「病院坂先生が生徒だったときにも、そういうのはあったんじゃないですかね？　学校ごとに細部が違うものですから、一概には言えませんが」

と言った。

「……そういうの、とは？」

「学校の怪談、ですよ」

端的に答える串中先生。

そして続ける。

「いわゆる七不思議って奴ですか」

「な——なな不思議……？」

——数字。

数字の一致、だ。

七不思議と——そして千載女学園に勤務していた男性教諭の数。

七人。

曾根崎先生、木々先生、通上先生、日我部先生、陣野先生、鮫畑先生——串中先生。

七人。

七不思議。

ぴったり一致——する。

「で、でも七不思議って……そんなもの、この千載女学園にあったんですか？」

「古い学校ですからね。そりゃありますよ。しかし生徒が当たり前のように知っていることでも、先生のほうは意外と知らないものです。別にこれは、病院坂先生が部外者だから知らないわけではありませんよ。学園ＯＧの先生方は、もう自分の学生時代のことなんて忘れちゃってるでしょうし、そもそも時代に沿ってその内容も変化しているでしょうね」

「…………」

「ここまで言えばもう説明の必要はないでしょうけれど、一応、ざっくりと解説しておきましょうか。被害者の先生がたが、どんな風に見立てられているのか――」

まだ思考が追いつかないわたしを前に、串中先生は一方的に言い始める。

ひょっとすると今この場面は、推理小説で言うところの解決編にあたるのかもしれなかったが――しかし、そんな雰囲気はまるでなかった。

解決も解説もあったものじゃない。

更なる混乱が招かれているようだった。

伽島刑事の発言を思い出す。

串中先生の将棋の指し方は、勝敗度外視で、まるで盤面を泥沼のように混乱させることしか考えていないようで――


「七不思議の一――増える階段」

順番に。

串中先生は、声を潜めるでもなく、雰囲気を出すでもなく、言う。

「黄昏《たそがれ》時に南校舎の屋上に向かう階段の数が、何故か十二段から十三段に増えている。その十三段目を踏んだ者は、階段から落ちて――死ぬ」

「階段――」

階段から落ちた曾根崎先生。

「七不思議の二――首のないバスケットボールプレイヤー。首から上がない幽霊が、自分の頭をボール代わりにして、夜中の体育館でプレイに勤《いそ》しんでいる。交通事故で首がもげたバスケ部員の成れの果てだとか」

「――ボール代わり」

バスケットゴールにぶら下がった木々先生。

「七不思議の三――音楽室の人喰いピアノ。音楽室にあるピアノは人間を食う」

「食う――」

グランドピアノに押し潰された通上先生。

「七不思議の四――調理実習室の包丁。どこかから聞こえてくる質問に答えられないと、十三本の包丁で身体中を刺されて殺される」

「――ほ、包丁」

包丁で滅多刺しにされた日我部先生。

「そして七不思議の五――その根元に埋められて、バラ、バラの栄養にされている死体。七不思議の六、これはよくありますよね――トイレの花子さん」

「…………」

バラのツタに絡まれた陣野先生。

便器に突っ込まれた鮫畑先生。

「花子さんと友達になってあげないと、便器の中に引きずり込まれるそうですよ」

……なんてことだ。

そんな説明を施されてしまえば、明白過ぎるほど明白ではないか。


びっくりするほどわかりやすい。

なにがなんだか、わけがわかる。

見立てがどうとか、そんなレヴェルの話じゃなくて……そう。

そのまんまじゃないか。

「ええ。見立てとしてはむしろ低次元の部類ですよ――何も凝っていない。それは、伽島刑事に教えてもらった例の情報からも明らかでしょう」

「例の情報って」

確か、伽島刑事が串中先生の反応を試すためにわざと漏洩《ろうえい》させた、日我部先生の変死体に関することだったか。

「日我部先生の身体には包丁だけじゃなくて、裁縫鋏も突き刺さっていた、とか……」

「調理実習室に備品として置かれていた包丁の総数が、十一本だったのですよ。元々、七不思議でいうところの十三本には足りなかった」

だからこその怪談なんですが、と言う。

まあ……七不思議の一でもそうなのだが、十三とか、四とか九とか、怪談にはそういう数字が組み込まれがちなのだ。

現実とそぐわなくとも無理はない。

「だから犯人は鋏で代用した——わけですよ。鋏は刃が二本ついていますからね。つまり一本突き刺さっていれば、十一足す二で、十三です」

「……うわあ」

強引だ。

新たに包丁を用意する手間を惜しんでいるとしか思えない。

幼稚だ。

幼く——稚拙だ。

「そういう観点で見れば、見立て殺人というよりは見立て殺人ごっこ——学園七不思議ごっこと見做すほうが、表現としては正しいのかもしれません。……まあ、やってる子供達は真剣なんでしょうから、あまり馬鹿にしたみたいなことを言うのは教育上好ましくありませんが」

「きょ、教育上って」

それどころではあるまいに。

しかし……なるほど、わかってきた。

それもあって串中先生は——犯人像を『生徒』に絞っていたのかもしれない。七不思議の存在、あるいはその内容を知っているのが、基本的に生徒に限られているのだとすれば——必然的にそういうことになる。

確信が持てるまで時間がかかった——などと言うが。

確信はなくともその予想は立てられていたはずなのだ——やっとわかった。

ようやくわかった。

串中先生が、木々先生や通上先生の変死体の、非公式とは言え第一発見者であった理由——それは曾根崎先生が階段から落ちた（突き落とされた？）段階で、既にそれを七不思議の一に重ねて見ていたからなのだ。

串中先生はもとより、第二体育館や音楽室に注意を払っていたのである。

……けれど、だとすると、もっと別の疑問も出てくる。

果たしてそれを訊いていいものなのかどうか。

「串中先生」

迷った末――わたしは結局、訊いてしまった。

訊くべきではなかったかもしれないが。

訊かずにはいられなかった。

「だとしたら……それがわかってらしたんでしたら、あなたにはこの連続殺人を、どこかで止めることができたんじゃないんですか？」

串中先生にはそれができないと思っていた。

ついさっきまで、わたしはそう思っていた。

だけど。

「それを明らかにしてしまえば――最初の職員会議のときにでも言っておけば――全てとは言わないまでも、ある程度の事件は防げたのでは」

「そんなことを言われましても、困りますよ。ぼくは事件を未然に防ぐタイプの名探偵じゃありませんからねえ――」

言葉はふざけているようなそれだったが。

しかしこのときの串中先生は歯切れが悪かった。

「――そもそも名探偵でさえない。探偵役はあなたに任せたはずですよ、病院坂先生」

「そんなことを言われても……」

こっちこそ、困る。

だからわたしを、本家の怪物達と同系列に考えられても困るのだ。

わたしは彼の口車には乗らず、話を続けた。

詰問と言ってもいいかもしれない。

「串中先生は穏便な解決を望むと仰ってましたけれど……本当は解決なんて望んでいないんじゃないですか？　どの時点で、どこまで推測を立てられたのかは問いませんが――最低でも、陣野先生と鮫畑先生が殺されることは、防げたように思えます」

被害者が男性教師に限られていること。

学園七不思議に見立てられていること。

そのふたつの事実があらかじめ明らかになっていれば——たとえばそれを伽島刑事に話していれば——第四の殺人、第五の殺人は起きなかったのではないだろうか。

いや。

実際はそんな単純な話ではないのかもしれないが——しかし、それでも。

「教育とは生徒を受け止めること」

やがて。

串中先生は言った。

「たとえその結果殺されることになろうとも——そんな言葉を遺した偉人がいますけれど、まあさすがに、ぼくはそこまでは思いません。それでも……、なんというか、どうせ最後には捕まるんだから、それならやり遂げさせてあげたいとも感じるんですよ」

「や、やり遂げさせてって……犯行をですか？」

「ええ」

頷いた。

あっさりと——頷いた。

「見届けたい、と思うんですよ。無論、陣野先生や鮫畑先生が、ぼくと志を同じくしていたとは到底考えられませんけれどね」

「で、でも——」

所詮は他人だ。

陣野先生や鮫畑先生……これまでの被害者が殺されるのを、未然に防がなかったこと自体は——その真相に気付くことのできなかったわたしに、責めることはできない。

自分にはできなかったことを他人がやらなかったこと。

それ自体は責められない。

資格がない。

でも。

「それだと——あなたも殺されてしまいますよ、串中先生」

男性教師——残るはひとり。

七不思議——残りはひとつ。

即ちそれは。

それをやり遂げさせてあげたい、ということは——そういうことだ。

「ええ。それが困りものでして。さっきも言いましたけれど、別にぼくも死にたいわけじゃありませんからね——どうしたものかと。考えを保留しているうちに、タイムアップって感じです」

「…………」

全てを訊いてみると、なんだか、やっぱり自業自得という感じで——全てはここまではっきりした対応を取ってこなかった串中先生自身の責任という感じで、はっきり言ってコメントに困る感じではあるのだが。

選択肢の幅を大きく取り過ぎたため。

結局、八方塞がりになったというだけの話にも思えるが。

なるほど串中先生らしかった。

将棋の指し筋——そのままだ。

「けれど、串中先生……そこまでわかっているなら、やっぱり休まれたほうがいいですよ。見届けたいとかやり遂げさせてあげたいとか言って、そんなの、誰も幸せにならないじゃありませんか。だってほら、串中先生は死ぬだけですし、犯人は罪を重ねるだけですし」

罪を重ねるというほうに関しては、六人もその手にかけてしまっては、もうどうにも手遅れという感があるが。

しかしどの道更生の余地がない。

更生。

いつだったか、串中先生がその言葉を使っていたのは、そういう意味なのだろう。その意味では、あの時点で、串中先生は今回の件のあたりをつけていたということにもなるが――しかし。

犯人が、まだ未成年の子供だったとしても。

やはり――更生の余地はないのだ。

だから。

「串中先生、いつか仰いましたよね」

「はい？」

「学校の主役は生徒ではなくて教師だって。あれはどういう意味だったんですか？　そのときわたしは、カジノで一番儲かるのは胴元だとか、そういうような意味だと理解していたんですけれど」

「その意味であってますよ」

てっきり、串中先生はそんな発言をしたことを憶えてもいないと思っていたけれど、しかしそんなことはなかったらしく、すぐにそう答えた。

しかし――付け加えた。

「生徒達は、いずれ卒業していきます。だけれどぼく達教員は――卒業することができない」

「…………」

社会人に――卒業はない。

ドロップアウトはあっても。

キリのいいところなんてないのだ。

わたしの研究室も――同じだ。

「でも……この事件の犯人が生徒だとしたら、きっともうその子には更生の余地はありません」

「ありませんか」

「だから串中先生にも、休むことを躊躇う余地は、ないと思いますけれど」

「ですから――今のところは、最低限――自分の安全は確保していますよ」

「確保って」

「七不思議の七」

串中先生は、気のない風に言った。

ひょっとすると、いい加減わたしの追及が鬱陶しくなったのかもしれない。実際確かに、わたしらしくもない、余計なお節介だとは思うけれど。

「屋上から落下し続ける飛び降り自殺——いつまで経っても地面には到達しない、とかなんとか、そんな感じです」

「…………」

「つまり裏を返せば、呼び出されようがどうしようが、ひたすら屋上に近付かないようにさえしておけば、とりあえずは我が身は安全——ということですよ、病院坂先生」

　でもねえ、と。

　串中先生は——やはり、気のない風に続けた。

「ぼくは決して死にたくはないんですけれど——一方で、ぼくみたいな奴は死んだほうがいいんじゃないかとも思うんですよね」

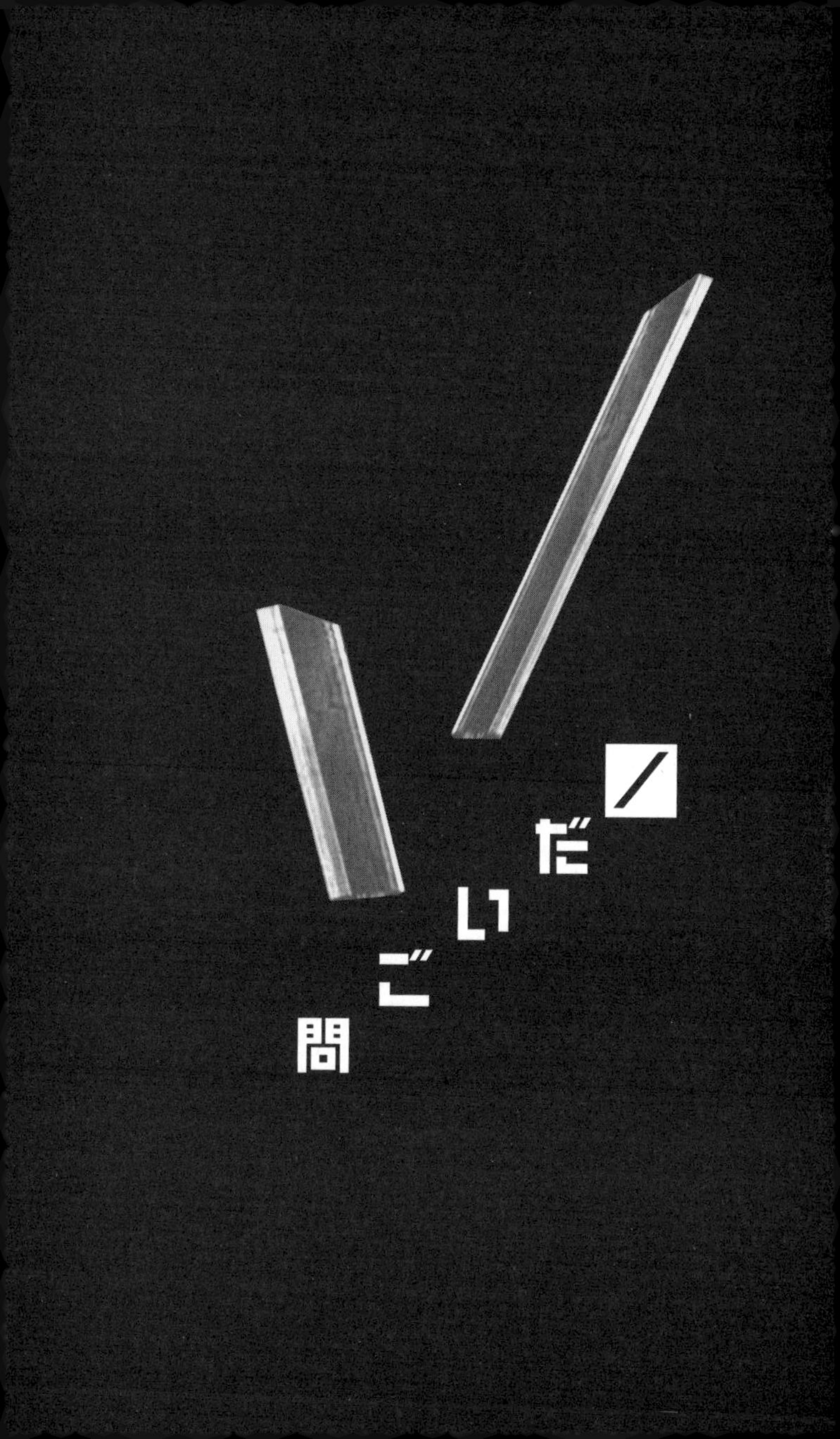
だいご問

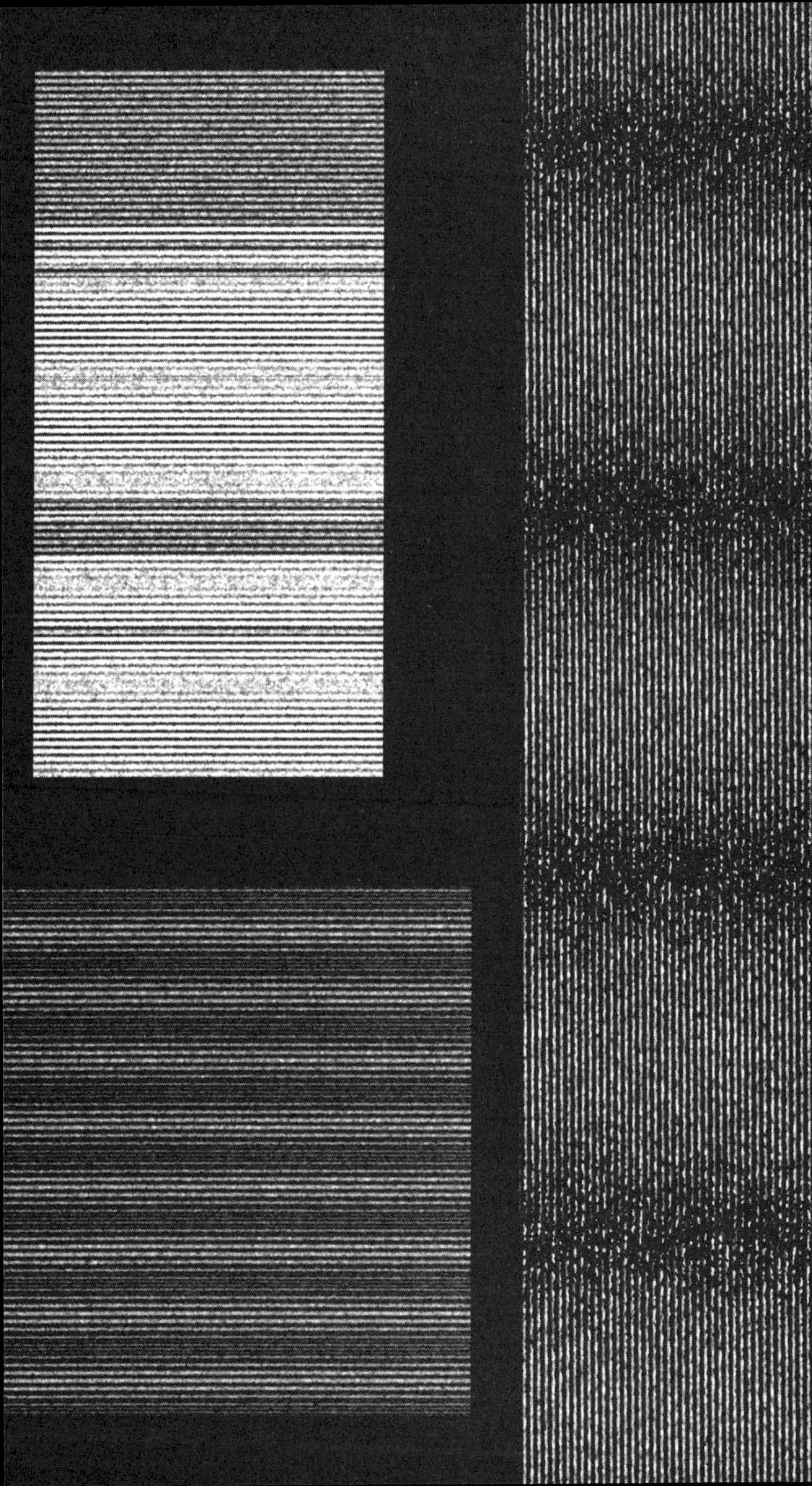

1

誤解されるのを怖いと思ったことはない、むしろ誤解はされて当然だと考えている。確かに自分のことをわかってもらえたら嬉しいが、どうしてもわかって欲しいとまでは思えない。

幸せになりたいけれど、人間が幸せになるべきだとまでは思わないし、他人と仲良くできたら楽しいけれど、人間が他人と仲良くするべきだとまでは思えない。

なんだろう。

義務的なまでによりよくありたいと、わたしには何故か思えないのだ。

世の中にはどうしようもなく、悪人と悪意と悪行と悪戯があふれていて、それをすべて回避することなど不可能だ。誰だって不幸に成り得るし、ならばそれが自分であったところで驚くほどのことではない。

謂れのない災難も身に覚えのない冤罪も、ありふれていて凡庸で、見るべきところがひとつもなく、すべてが当たり前のことでしかない。

わたしはゆるやかにそう実感している。

「ぼくは決して死にたくはないんですけれど——一方で、ぼくみたいな奴は死んだほうがいいんじゃないかとも思うんですよね」

串中先生のその言葉を聞いたとき、わたしは思わず絶句してしまったものだけれど——よくよく考えてみれば、あれはひょっとすると、普段は蓋をしているだけで、全人類に共通する認識なのかもしれない。

誰だってその程度には、世界に絶望しているだろう？

世界を最悪だと思っているだろう？

厭世観は思春期特有のものではないのだ。

人間は生涯が反抗期である。

誰もがレジスタンスなのだ。

わたしもまた――

病院坂であるなし関係なく、本家傍系関係なく、そんなものなのかもしれない。

「……はあ」

結局わたしは串中先生の説得には失敗してしまった。奥さんや小さなお子さんのためにも休むべきだと、最後まで（本当にわたしらしくもなく）声を荒げて説得に努めたが、「これまでの被害者となった先生がたにだってご家族はいらっしゃったでしょう」などと、理屈になっているのか理屈になっていないのかよくわからない彼の主張によって退けられてしまった。

「まあいいんだけど……自分ではああ言ってたけど、あの人、殺しても死にそうにないし」

それに――今、串中先生があぁして千載女学園に出勤してくることは、確かに自殺行為かもしれないが、しかし串中先生と自殺という言葉はあまりに縁遠過ぎて、結びつかない。


現実味のなさ。

人でなしのように生きている人間が人のように死ぬことの非現実性。

勿論、それもまた――現実であり。

社会であり。

世界なのだが。

「……世界か。大仰な言葉だな。ハワイにも行ったことがない人間が使っていい言葉でもない――国内のこともよく知らない癖に」

わたしはそんな風に取り留めもなく独り言を呟きながら、ほとんど無人の校舎内を練り歩き、そして南校舎の最上階へと辿り着いた。

正確には最上階の――更に屋上へと向かう階段である。

曾根崎先生が落ちた。

突き落とされた――階段。

第一の被害者から第五の被害者までの様相が、ここまで学園七不思議と一致した以上、もう曾根崎先生のことは第ゼロの被害者だと認定してしまっていいだろう。

むしろその最初の殺人で失敗してしまったからこそ、未遂で終わってしまったからこそ、第一の被害者から始まる連続殺人が、こうも順調に——そして早急に行われているのだと、そう考えるべきなのかもしれない。第ゼロから第一まで、結構間があいてしまっていたのは、失敗から学ぶための準備期間といったところか。

さすがは頭のいい学校である。

予習復習は欠かさないというわけだ。

ただ——学はあろうと、美学はない。

合理であっても、理はないのだ。

「……まあ、このくらいの階段じゃ、突き落としたくらいじゃあ……よっぽど打ち所が悪くないと、死なないかな」

言いながら、わたしは階段を昇る。

一段、二段、三段……。

十二段。

一回降りて、それからもう一度数え直してみたが、しかし段数が増えたりはしない。

当たり前である。

わたしが高校生だった頃にも、確か七不思議なるものはあったように思うが——けれど、その内容までは思い出せない。ぼんやりと、靄がかかったような記憶だ。多分、この学園のものと似たり寄ったりだったのではないかと思われるが。

と、そこで思いつく。

わたしは自分のたった今の立ち位置を確認するために、ここには曾根崎先生が落ちた階段を——それもなんとなく見に来ただけのことだったのだが、しかし考えてみれば、ここは屋上に至るための階段なのである。

つまり。

この扉の向こうは屋上だ。

七不思議の——七。

屋上から落下し続ける飛び降り自殺。

「…………んん」

わたしは、逡巡して。

それから重たい鉄扉に手をかけた。

まあ、七不思議でいう『屋上』が、この南校舎の屋上である保証はどこにもないが――それでも一応、この扉の向こうがどんな場所なのか確認しておくのは、後学のためにはいいかもしれなかった。千載女学園の屋上は常時開放されているが、考えてみればわたしは赴任してきてから一度も、屋上に出たことがなかったのだから――

しかし。

扉を開けはしたものの、しかし、わたしは――屋上からの風景を目にすることはなかった。

がすん、と。

頭部に強い衝撃を感じ。

一瞬で――意識を失った。

2

3

4

気が付けば目の前に壁がある。わたしは壁にぶつかってしまった。越えられない壁だ。違うこれは壁じゃない床だわたしは床に倒れ

5

6

7

走馬灯なんて走らな首を絞められ痛み痛み痛みあれちょっと待ってこれ死んじ死んじゃやぅ指が小指も動かな喉が渇いて紅茶が飲みたい紅茶紅茶紅茶くれないで茶色でああそう言えばわたしは肉やばいやばい終わるこれは終わわたしはバックアップで傍系だから病院坂迷路元ネタの彼女も彼女も彼女は無口で何も喋らずわたしは会ったことさえなくて会話は誰とも成立せずでも人間唯一誰もわからない音楽がBGMなんて流れていないのに元ネタ減数減らされて片割れ首首首が首首首消えてなくなり燃えるぼうぼうと炎走らない音が聞こえない聞こえ音音心音が消える血が流れる音が聞こえな身体が生きることをやめていやめていくく縛られれれてくくくわたしはわたわわたしは肉肉は食べ何故何がこんなのは疑問で難問で不思議で七不思議わからなわかわからない見え見えなわたしは不死不思議でわかかかからなくってくって食って

8

嫌だ嫌だ嫌だなんでわたしがわたしが死ななければならないのかきっと目が覚めたら布団の中で違う違うこんなの違うぐらっと何も見えなくて嫌だ感じない感じない痛い痛い悼み痛い痛い嫌だ痛い痛い嫌だ痛い痛い痛い痛痛ずきずきずきずきずきずずずずずずずずずずずずずずずずうううううううううううううううずく疼く堆く低く沈んで落ち墜ち堕ち落ち窪んで沈んで落ち落ち落ち落ち落ち

9

続けてけて続けて続けてけてけて助けてうううううててて
ううずげくげげげげげ

10

どうしてわたしが。

「どうして俺が」

どうして俺が——死ななければならない。

死にたくない。

11

ばばばばばばばばばばばばばば

12

13

わたしは死ぬ。

どうしてわたしが。

どうしてわたしが。

/えんでいんぐ

語り部の病院坂先生が殺されてしまったので、ここから先はぼく、つまり串中弔士が引き継ぐことにしよう。と言っても、病院坂先生が第六の被害者として殺されたことによって本件、名門女子校七不思議殺人事件（笑）は無事に終結してしまったので、語るべきことはもうほとんど残っちゃいないんだけれどね。

まあそれでもぼくは名目上臨時教師である病院坂先生の面倒を見る立場にあったので、あの人の後始末は仕事のうちだ。精々きちんと、やり遂げさせてもらうとしよう。

それにしても病院坂先生は脇が甘い。

体格の問題で通上先生を第一の被害者に選出しなかったことから、犯人が『ある程度の合理主義者』であるとまで推測しておいて、ならばたとえ臨時の常勤講師であろうとも——それでも、たとえ曾根崎先生が退院なさるまでの一時的なことではあろうとも、一応は千載女学園に勤める男性教師であった自身が被害者となる可能性を、これっぽっちも考慮していなかっただなんて。犯人は殺しやすいところから殺しやすい機会を見つけて殺していっている——と、ちゃんとそう言ってあげたのに。

本当、困った人だ。

人の心配をしている場合ではなかろうに。

あれでぼくの尊敬する、敬愛するあまり勢いあまって告白しようとさえ思ったことのあるほどの偉大な先輩——病院坂先輩、病院坂迷路先輩、病院坂迷路大先輩のバックアップだと言うのだから呆れてしまう。まあ本人も散々言っていた通り、バックアップであってスペアではなく、クローンでも双子でもなかったのだから、同じように捉えるほうが間違っているのかもしれないが。

性別からして違うんだもんな。

名前を聞いたときには運命的なものを感じたんだけれど——まあ、そんなドラマチックなことはないか。所詮ぼくの人生だもんな。

ある意味誰よりも不憫《ふびん》なのは病院坂先生その人なんだし、その点についてこれ以上触れるのはよそう。

ま、取り急ぎ、病院坂先生にならって、被害者の状況って奴を書き記しておくことにしようか——つまりは病院坂迷路先生の死体状況である。

それもまた変死体だった。

まず死因は撲殺、そして足首をゴムチューブ（陸上部がトレーニングで使っているようなあれだ）で縛られて、そして屋上から吊り下げられていたのである。

バンジージャンプをイメージしてもらえばわかりやすい——多分、犯人の発想としても、根本はその辺りだろう。

バンジージャンプで、落ち続ける飛び降り死体に見立てたというわけだ——なんかもう強引って気もするけれど、わかる人にはわかるセンスだ。ナンセンスなのかハイセンスなのか、それはともかくとして。

ま、病院坂先生の気持ちになってみれば、鮫畑先生のように便器に突っ込まれたのでないだけ、いくらか救いはあると見るべきか。

いや、それはただの欺瞞だな。

で、その直後——そんな見立て工作を終え、下校しようとしていた犯人グループが、伽島刑事率いる捜査班に拘束されたというわけだ。それはちょっとした捕り物騒ぎだったが、ぼくが自分の目で見たわけではないので、詳細は不明である。

犯人は予想通りに千載女学園の生徒であり、当然のことながら未成年だったので、その氏名の公表もまた、ここでは控えておく。当日拘束されたのは三名だったが、その後の捜査で芋づる式に、七つの犯罪行為にかかわった全ての生徒がピックアップされることとなった。

その総数、何と二十五人。

二十五人である。

職員室に詰めている教師の数より多かった――これはちょっとぼくにとっても予想外、予想以上の数字だった。何と言えばいいのだろうか、友達が多くて本当に羨ましい限りである。

保護者さまが圧力をかけてくれていたおかげで抑えていたマスコミ報道だったが、しかしさすがに前代未聞にもほどがあるこの不祥事に、その圧力も限界が来て（というか、犯人グループの中に、その保護者の子供がいた）、今では大々的に脚光を浴びている。とは言え、ここでも病院坂先生の物言いにならって言うならば、それに対する学園側の対応やその後の再建計画についてここで述べてもいまいちエンターテインメントにはならないだろうから、そのあたりの顚末は省略しておこう。伝統ある私立高校として、今回の事件は致命的な不祥事ではあることは間違いないが、しかし後ろ向きなことばかり言っていても始まらない。ぼくも職員の一人として、これから学園の力になっていこうと思うと、そんな決意だけを記すに留めておく。

とは言え、それでも一応、いくつか補足しておくべきことはあるかもしれない。たとえばそれは、動機の問題だ。

どうして犯人グループは男性教師を無差別に狙ったのか。

どうして犯人グループは学園七不思議をなぞったのか。

それくらいは説明しておくのが、語り部代理としてぼくが払うべき最低限の礼儀という奴だ――あらかじめ言っておくがこれは、推理小説でいうところの解決編ではない。

事件を未然に防ぐタイプの名探偵ではないぼくは、当然のことながら、事件が全て終わったあとで、自分にはあらかじめ全ての真相がわかっていたと主張するタイプの名探偵でもない――だからそもそも名探偵ではないのである。

ゆえに。

この事件に関しては解決編は存在しないのだ。

あるのはただ、無粋な注釈のみである――まあ、とかなんとか言っちゃって、ここまで来ればお察しの通り、根本の原因はぼくにあるのだけれど。

カウンセリングである。

ぼくも決して専門家ではないのでスクールカウンセラーの真似事はあくまで真似事に過ぎないのだが――しかし、生徒に恋をさせる云々は（まさか病院坂先生もそれを本当に本気にしたのだとは思わないけれど）冗談とは言わないまでも、あくまでも方便だ。

やるからにはちゃんと真面目に相談は受ける。

そのつもりだ。

辞表を胸に仕事をしているわけではないが、ぼくだって教師である。まあ病院坂先生にそんな風に思われてしまったのはぼくの不徳の致すところで言い訳のしようもないが、ぼくの真面目さはいまいち伝わり辛いのだ――で、率直に言ってしまうと、相談を受ける際のぼくの指針は、『抱えきれない悩みに対しては見方を変えることを勧める』である。

価値観を変質させれば不幸はない。たとえばいじめっ子にはいじめられっ子のことを好きになってもらい、いじめられっ子にはいじめっ子を好きになってもらう――それで万事解決。

嫌いなものを克服するためには好きになればいい――苦手意識は得意になれば克服できる。

そんな感じ。

成績が悪いと悩んでいる子には、成績が悪くてもいいんだと、現状を肯定させてしまうのがもっとも適当な解決策である。

まあ、その場しのぎの解決策なのだけれど。

とりあえず当座はそれでしのげる。

ぼくのカウンセリングは、その場をしのぐことだけにベクトルを向けていたのである。

そして以前、ぼくは同時期に、ふたりの生徒から相談を受けたことがあったのだ。ふたりとも、随分と神経の細い生徒だったと記憶している。ある意味可哀想な子だったのだと思うが、まあその辺はさておこう。ぼくの個人的な感傷を織り交ぜるような場面ではない。

　ひとりは霊感があると自称する子だった。守護霊やら背後霊やらが見えるとか前世が戦士だったとかお姫さまだったとか、そういう子だ。まあ学年にひとりふたり、ちらほらと必ずいるタイプの子ではあるのだが、彼女はやや過剰なほどで、日常生活を送るのも困難なほどだった。

　そして彼女は学園七不思議に怯えていた。階段が確かに増えていたとか、首のないバスケットボール部員を見たとか、しかしそんなことをぼくに相談されても困るという感じではあった。

　断っておくがぼくは幽霊を信じていない――けれど、本人が見えると言っているのだから、それを否定しても仕方がなかろう。今まで読んだ本の中で一番面白い本は何か、という質問の答がみな一様に違うのと同じようなものだ。他人が好きなタイトルを否定しても始まるまい。

　そんなわけでぼくは彼女の価値観を変える方向へ努力した。

　霊感がある。

　別にいいじゃないですか、それも個性です。

　それに幽霊は別に怖くない。

　たとえばその学園七不思議にしたって、それを全て網羅した者は八つの幸せを手にすることができると言われているんですよ――とか。

　ぼくはそんな大嘘をついた。

　そもそも学園七不思議そのものを、ぼくはその子から初めて聞いたのだから、こんなの口から出任せもいいところである。

　ただまあ、基本的にそんな感じ、霊感を肯定する方向で彼女のカウンセリングを進め、そしてとりあえず、彼女の悩みは一定の解決を見せたのだった――いや全然解決してないいんだけれど。

まあそれも、本人が解決だと思えば解決である。くどいようだが、推理小説のような解決編は現実には必要ないのだ。

そしてもうひとりの生徒。

その子の場合はもう少しわかりやすい例で、女子校においてはさして珍しくもない――彼女はいわゆる男性恐怖症だった。

勿論ぼくは男性なので、最初にその子から相談を受けたのはぼくではなく養護教諭の駅野先生だったのだが、まあ中学生の頃は女装キャラでならしたぼくである。その生徒もぼくに対してはそこまで怯えることもなく、カウンセリングには駅野先生とふたりで臨むことになった。カウンセリングが成立するまでの信頼関係を構築するのにはいくらか苦労したけれど（このあたりは病院坂先生相手に嘯いたところの『恋』って奴だ）。

男が怖い、とにかく怖い、何がなんでも怖い――男の先生の授業なんて受けられない。それがその子の主張だった。

なんで女子校なのに男の先生がいるの――とも言っていたか。

それもまた、ぼくに言われても困るのだ。

もっと上に掛け合って欲しい。

ただ、彼女の持つ男性に対する嫌悪感・不信感は、どうやら家庭で叩き込まれたものらしく（プライバシー上、その内情は詳らかにはできないけれど）、なまなかには解決のしようがなかった。

これはぼくの個人的な意見になってしまうかもしれないが、しかし、嫌悪も不信も、それ自体は当たり前の感情なのだ。それを否定しても、やはり意味がない。世界中の全員を好きになることはできないし、世界中の全員に好かれることもできない。誰も嫌わずに生きていくことはできないし、誰にも嫌われずに生きていくこともできない。それが世の中というものである。だから問題があるとすれば、嫌悪や不信に押し潰されるほどに脆弱な、彼女の心の耐久度なのだ。

だからぼくは。

嫌悪や不信はそのままに——恐怖だけを克服させる方向へと導いた。

否、正確にはそのままではない。

嫌悪を憎悪へ。

不信を反信へと、ぼくはステップアップさせた。

男なんて怖くない。

男なんて弱い。

もしも害されるようなことがあれば、そのときはいいかいいかい逆にやり返してやるくらいの強さを持ちなさい——と。

害されることがなくとも。

こちらから害するくらいの強さを持ちなさい——と。

そんな風に、ぼくは彼女を方向づけた。

かように、スクールカウンセラーの真似事はぼくにとって非常にやり甲斐のある仕事である——未成熟な子供を方向づけ・条件づけする作業は将棋に似ていて、不謹慎な言い方をすれば、面白い。

面白い。

だけれど。

そのふたりの相談を解決させた達成感こそあれ、一方でぼくはそのときに限り、若干の不安を覚えたものである。

ひとりひとりは別にいい。

だけど、もしもあのふたりの方向付けがゆえあって重なってしまった場合——低確率で、何かよくないことが起きかねないと、そう思ったのだ。

不安というより。

それは予感だったかもしれない。

掘った落とし穴を埋め忘れてしまったような、そんな感覚。

しかしカウンセラーとして他の生徒からの相談ごとを洩らすわけにはいかないので、静観するほかなかった。

見届けるしかなかったのだ。

いや勿論、曾根崎先生が階段から落ちた時点でぼくは自称霊感少女の生徒を疑ったし、通上先生がピアノに押し潰されているのを見た時点で（危惧自体は木々先生の死体を発見した時点でしていたが）男性恐怖症の生徒を疑った。

ピアノが引っくり返っていた時点で複数犯であることは確定していたのだから、だからあのふたりが共謀したのではないかと——そう疑った。

けれど証拠もないのに生徒を疑うなんて教師のすることじゃない、ああそんな風に思ってしまう自分は何て罪深いのだろうと、やっぱり静観する他なかった——いや他にも色々あったかもしれないけど、とにかくそんなわけで、探偵ごっこは、本来教職にない病院坂先生に担当してもらうことにしたのだ。彼を第一発見者に仕立て上げたのは、ぼくの職員室における立場云々もあったけれど、本当はそのためだったのだ。

まあ。

病院坂先生は結局この件については傍観者で通し、全然探偵してくれなかったんだけれど。

こんなことになるなら、本人の言うことをちゃんと聞いてやっておけばよかった——病院坂先生は思いのほか常識人だった。彼は第一の被害者である木々先生の、正確な死因さえ、きっと知らずに死んでいったに違いないのだから。

本家と傍系であそこまでスペックに違いがあるとは思わなかったけれど……でもまあ、それは病院坂先生の責任とは言えない。

元々彼は教師ではなかった。

だから全然、生徒のほうを見ていなかった。

見えてなかったのだ。

彼にとって生徒は団体であり個体ではなかった。

本当に彼には、レトリックでなく生徒の個性はわからなかっただろうし、生徒の区別も、まるでついていなかっただろう。

彼は生徒のことが眼中になかった。

だから犯人がわかるはずもなかった。

結果として。

犯人グループのリーダー格はそのふたりだった。

友達だったのか。

それとも、カウンセリング後に友達になったのか。

そこまでは知らないけれど……知ろうとも思わないし、知るべきじゃないとさえ思うけれど。犯人はこの場合誰であっても同じこと――伽島刑事にはそう言ったが、つまるところ、それはそういうことだ。

しかし、いずれにしても彼女達の方向づけは――

交差したのだ。

交差し。

交錯し。

わけのわからない方向へと――暴走した。

それがぼくの責任だとは思わないのだけれど、しかし道義的な責任は感じざるを得ない。なんというか……想定範囲内ではあるが、しかし想定した中でも最悪の可能性だった。

そして想定範囲内に最悪の結果に終わった。

後悔や反省はもとより。

この結果では、更生さえも望めない。

うっかり更生しないまま生きてきてしまったぼくがそんなことに心を砕いていたこと自体が今回の件の最たる笑いどころなのかもしれないが、要するにはらしくもなくいい人ぶってみたくて失敗したって感じでもあるのだが、しかし、何とかならなかったものかとは、どうしても思ってしまう。

我慢が利かず、休校中にもかかわらず犯行に及び、しかもぼくじゃなくて病院坂先生のほうを殺してしまったことこそが、犯人グループにとっては致命的だった……まったく、犯人グループもさることながら、それにつけても病院坂先生の軽率な行動には困ったものだ。

しかしそうは言ったものの、さりげなく『屋上に近付かないほうがいい』と示唆したつもりだったのだけれど、逆に促してしまった形になったあたり、ぼくとしても、犯人グループに対する責任同様に、彼に対しても良心の呵責を感じざるを得ないが。

以上。

ところで、ぼくは想像する。

ぼくや病院坂先生が職員室や生徒相談室でうだうだとなんだかんだをやっている間に、きっと千載女学園の生徒の中に探偵ごっこの推理ゲームをやっていた子達がいたんじゃないだろうかと——そんな愉快な想像をする。

かつてのぼく達のように。

ぼくや、病院坂先輩や、ふや子さんのように——そんな遊戯に勤しんでいた子達が、いたんじゃないだろうか。

少なくとも生徒は現役で学園七不思議の噂話を知っていたのだから、そんな風に動く子供達がいたとしても不思議ではない。

学校の主役は生徒ではなく教師。

だからこそ——学校の探偵役は。

教師ではなく、生徒なのだ。

そういうことなのである。

今回、つくづく痛感した——そんなことは、大人のやるべきことじゃない。

幼稚な犯罪には、幼稚な探偵が相応《ふさわ》しい。

伽島刑事の言う通り——ぼくの出る幕じゃなかった。

ぼくの仕事でも病院坂先生の仕事でもなかった。

それは大人の仕事じゃなくて。

子供達の仕事だった。

あるいはもっと単純に、警察の——伽島刑事の仕事なのだった。

だから、今のようなことを伽島刑事にすべて詳らかに話したところで、ぼくにとってのこの事件、名門女子校七不思議殺人事件は終わりを告げたのだった。

十四年前。

十四年前とは一味違う。

十四年前には一味足りない。

十四年前のような苦さをまるで感じない。

無味無臭の——そんな事件だった。

さて、十四年前という言葉を四回も使って強調した直後になんだが、しかしぼくの心の中の勢力図においてて、当時を懐かしむ気持ちというのは、実のところそんなに強くない——病院坂先生の指摘通りである。

ぼくにはノスタルジーの感情は、薄い。

あの頃の無邪気さも、あの頃の奔放さも、今のぼくの中にはほとんど残っていないだろうと思う。

それこそ伽島刑事はぼくを『相変わらずだ』と言い続けたけれど、いつまで経っても変わらない人間なんていないのだ。

そういう意味で、ひょっとしたらぼくは夢を叶えた人間なのかもしれない。

夢を叶えることができた人間なのかもしれない。

そう、具体的に言うなら、ぼくは中学生の頃、『飄々としてつかみどころのない人間』になりたかった。漫画や小説に登場する、そんなキャラクター達に憧れた。

そしてあれから十四年。

ぼくは多分、『飄々としてつかみどころのない人間』になっていると思う——病院坂先生は、少なくともぼくをそう評価してくれていた。

そして思う。

なんてつまらないんだろう。

まさか『飄々としてつかみどころのない人間』がこんなにつまらないとは思わなかった。こんなにつまらないなら、ぼくはそんな人間になんてなりたくはなかった。

夢は叶ったけれど、その叶えた夢の価値というものは、やはり叶えてみないとわからないのだ。

こんなの言い方の問題なんだけどね。

いずれにしてもぼくは気付いてしまった。

串中弔士。

二十七歳。

ぼくの人生は、くだらない。

中学生の頃、憧れの先輩と付き合うために全力を費したが——それはそれは大恋愛だったが、今思えばあれがぼくの人生のピークだ。

もうぼくという個人については将来《さき》も限界《そこ》も見えている——見えてしまっている。ここから先は、同じことの繰り返しでしかない。

今回のことだって想定範囲内だった。

単に最悪だっただけだ。

そして最悪なんて、別に目新しくもない。

こうしている今も、きっと世界では、三秒にひとりくらいの割合で誰かが不幸になっている——夢破れ、理不尽に不幸になっている。

理由もなく殺されて。

理由もなく死んでいく。


結論を言おう。

世界は不気味でも素朴でもなく囲われてもおらず、きみのものでもぼくのものでもなく壊れてもいない——世界は世界だ。

世界以上でも世界以下でもない。

ありのままであり、そのままだ。

たとえ隕石が落ちてきても、世界は何も変わらない——たとえ隕石が落ちてきても、ぼくはぼくであり続けるように。

……その程度のことに気付くのに、ぼくは不覚にも二十七年もかけてしまった。

あるいは。

十四年も、かけてしまった。

ぼくはきっと、何かをやり遂げたり、何かをやり遂げられなかったり、優しい気持ちになったり辛い気持ちになったり、喜んだり怒ったり哀しんだり楽しんだりしながら、日ごとに変わりながら、宗旨替えして、心変わりして、前言撤回し、物忘れをし、できたことができなくなって、できないことができるようになって、そしてどんなに変わろうともぼくのままで、後悔しながら、反省しながら、しかし決してどんな風にも更生することなく、死ぬまで生きていくのだろう。

更生しようにもぼくは生きておらず、改心しようにもぼくには心がない。

全く、あの子達は意志が弱い。

機会を待つということを知らないのか。

ぼくには、可哀想なあの子達に文句を言うつもりは一切ないが、それでもひとつだけ愚痴を言わせて欲しい。

本当に思う。

きみ達はぼくを殺すことを諦めず——臨時教師の病院坂先生なんかで妥協せず、ちゃんとぼくを殺してくれたらよかったんだ。

それとも、ひょっとしたら、あえてぼくを避けてくれたのかい？

恋だかなんだか、そんな感情で？

だとすれば——それは余計な節介だ。

病院坂先生はぼくを買いかぶり過ぎだ。

ぼくだって、自殺くらいは考える。

他のみんなと同じように。

自殺行為も——時にはいい。

なんて、そんなのどうせぼくのことだ、それもやっぱり口だけで、思いつきで、実際には殺されるつもりなんて更々なかったんだろうけれど——飄々としてつかみどころのない大人なんだからさ。

それじゃあ明日からも生きていこう。人でなしとして聖職者であり続けよう。何からも卒業できないぼくだけれど、それでもそんな自分のことは棚に上げ、子供達を卒業させ続けよう。

ぼくはもう駄目だけれど——それでも。

それでも世界が平和であるよう、祈りながら。

School is not world.

不気味で素朴な囲われたきみとぼくの壊れた世界

あとがき

　当たり前のことばかり言っているとこの人は当たり前のことしか言えないんじゃないかと心配されてしまうかもしれませんが、世の中、人間、生きていくためには働かなければならないということになっています。この場合の働くという言葉には、単に職業というだけの意味合いではなく、もっと色々と複雑な思惑が絡んでいるようです。ていうかそもそも働くという言葉の捉え方自体、人それぞれというか十人十色というか、様々模様な感じです。たとえば本書の作者が就いている職業であるところの小説家あたりになると、これを果たして世間が労働と捉えてくれるのかどうかは微妙なところでしょう。「え、それ趣味じゃないの？」「え、それ遊びじゃないの？」とかなんとか訊かれちゃうと、こちらとしてもやや返答に詰まるニュアンスで、困ったものです。まあ奇しくも小説家なんかはその最たる例なのかもしれませんけれど、生活に直結していないタイプの労働というのは、なんだかいまいち『働いている感』がありませんよね。そう考えたら、ご飯を食べたり夜寝たりするほうが、よっぽど生きていくための『労働』というような気もします。つまりなんだか、現代に流布する職業の半分以上が生活感のない、どうにも娯楽じみた、娯楽性を帯びた仕事ということなのかもしれません。趣味を仕事にするのはよくないとよく言われますが、しかしこの現代社会、決して少なくない人数が、趣味で働いているような気もします。ビジネスライクな趣味ですか？　その辺りはどういう言い方もできそうですけれど。

本書は『きみとぼくの壊れた世界』、『不気味で素朴な囲われた世界』、『きみとぼくが壊した世界』と連なる、いわゆる世界シリーズの第四弾です。まあ時系列的な繋がりとしては、シリーズ二作目にあたる『不気味で素朴な囲われた世界』の続編という形になるんでしょうけれど、どうでしょう、よくわかりません。タイトルが長過ぎるので背表紙に無事収まっているのかどうか心配ですが、そこはもう運を天に任せるしかないでしょう。ああそれから、三作目のあとがきで次は串中弔士くんが中学三年生になったときの話だと予告しましたが、あれはどうやら高校教師になったときの間違いだったようです。まったく大人は信用できませんね。そんな感じで世界シリーズ第四弾、『不気味で素朴な囲われたきみとぼくの壊れた世界』でした。

タイトルの長さという問題で言えば、イラスト担当のTAGROさんが描いてくださった素晴らしい病院坂迷路（バックアップ）が文字で隠れていないかということが何よりも心配ですが、まあともあれ、お世話になりっぱなしです。編集担当の安藤茜さまにもえらく世話になって、それでようやくこの本が形になったわけですが、いやまあ趣味にしろ仕事にしろ、何かを成し遂げるというのは嬉しいものです。あとは読者の皆さまに読んでいただいて、それで本書は完成します。よろしくお願いします。

それじゃあ、次でシリーズ（本当に）終わります。病院坂黒猫の中学時代の話です。

西尾維新

定価はカバーに表示してあります

不気味《ぶきみ》で素朴《そぼく》な囲《かこ》われたきみとぼくの壊《こわ》れた世界《せかい》

二〇〇八年十二月四日　第一刷発行

KODANSHA NOVELS

著者―西尾維新《にしおいしん》

発行者―中沢義彦

発行所―株式会社講談社

東京都文京区音羽二-一二-二一
郵便番号一一二-八〇〇一

編集部〇三-五三九五-三五〇六
販売部〇三-五三九五-五八一七
業務部〇三-五三九五-三六一五

本文データ制作―講談社文芸局DTPルーム

印刷所―凸版印刷株式会社　製本所―株式会社若林製本工場

N.D.C.913　182p　18cm

ISBN978-4-06-182626-7

KODANSHA NOVELS 講談社ノベルス

書下ろし長編伝奇
創竜伝12〈竜王風雲録〉 田中芳樹

書下ろし長編伝奇
創竜伝13〈噴火列島〉 田中芳樹

驚天動地のホラー警察小説
東京ナイトメア 薬師寺涼子の怪奇事件簿 田中芳樹

書下ろし短編をプラスして待望のノベルス化!
魔天楼 薬師寺涼子の怪奇事件簿 田中芳樹

タイタニック級の兇事が発生!
クレオパトラの葬送 薬師寺涼子の怪奇事件簿 田中芳樹

避暑地・軽井沢は魔都と化す!
霧の訪問者 薬師寺涼子の怪奇事件簿 田中芳樹

異世界ファンタジー
ゼピュロシア・サーガ
西風の戦記 田中芳樹

長編ゴシック・ホラー
夏の魔術 田中芳樹

長編サスペンス・ホラー
窓辺には夜の歌 田中芳樹

長編ゴシック・ホラー
白い迷宮 田中芳樹

長編ゴシック・ホラー
春の魔術 田中芳樹

中国大河史劇
岳飛伝 一、青雲篇 編訳田中芳樹

中国大河史劇
岳飛伝 二、烽火篇 編訳田中芳樹

中国大河史劇
岳飛伝 三、風塵篇 編訳田中芳樹

中国大河史劇
岳飛伝 四、悲曲篇 編訳田中芳樹

中国大河史劇
岳飛伝 五、凱歌篇 編訳田中芳樹

ロマン本格ミステリー!
アリア系銀河鉄道 柄刀《つかとう》 一《はじめ》

至高の本格推理
奇蹟審問官アーサー 柄刀 一

講談社ノベルス25周年記念復刊!
急行エトロフ殺人事件 辻 真先

第31回メフィスト賞受賞!
冷たい校舎の時は止まる(上) 辻村深月

第31回メフィスト賞受賞!
冷たい校舎の時は止まる(中) 辻村深月

第31回メフィスト賞受賞!
冷たい校舎の時は止まる(下) 辻村深月

各界待望の長編傑作!!
子どもたちは夜と遊ぶ(上) 辻村深月

各界待望の長編傑作!!
子どもたちは夜と遊ぶ(下) 辻村深月

家族の絆を描く"少し不思議"な物語
凍りのくじら 辻村深月

切なく揺れる、小さな恋の物語
ぼくのメジャースプーン 辻村深月

新たなる青春群像の傑作
スロウハイツの神様(上) 辻村深月

新たなる青春群像の傑作
スロウハイツの神様(下) 辻村深月

講談社ノベルス25周年記念復刊!
新 顎十郎捕物帳 都筑道夫

血の衝撃!
芙路魅 Fujimi 積木鏡介

至芸の時刻表トリック
水戸の偽証 三島着10時31分の死者　津村秀介

講談社ノベルス25周年記念復刊!
火の接吻《キス・オブ・ファイア》　戸川昌子

一撃必読! 格闘ロマンの傑作!
牙の領域 フルコンタクト・ゲーム　中島 望

21世紀に放たれた70年代ヒーロー!
十四歳、ルシフェル　中島 望

人造人間"ルシフェル"シリーズ
地獄変　中島 望

著者初のミステリー
クラムボン殺し　中島 望

講談社ノベルス25周年記念復刊!
消失!　中西智明

霊感探偵登場!
九頭龍神社殺人事件 天使の代理人　中村うさぎ

これぞ"新伝綺"!
空《から》の境界(上)　奈須きのこ

これぞ"新伝綺"!
空の境界(下)　奈須きのこ

妖気漂う新本格推理の傑作
地獄の奇術師　二階堂黎人《にかいどうれいと》

人智を超えた新探偵小説
聖アウスラ修道院の惨劇　二階堂黎人

著者初の中短篇傑作選
ユリ迷宮　二階堂黎人

会心の推理傑作集!
バラ迷宮 二階堂蘭子推理集　二階堂黎人

恐怖が氷結する書下ろし新本格推理
人狼城の恐怖 第一部ドイツ編　二階堂黎人

蘭子シリーズ最大長編
人狼城の恐怖 第二部フランス編　二階堂黎人

悪魔的史上最大のミステリ
人狼城の恐怖 第三部探偵編　二階堂黎人

世界最長の本格推理小説
人狼城の恐怖 第四部完結編　二階堂黎人

新本格作品集
名探偵の肖像　二階堂黎人

正調「怪人 対 名探偵」
悪魔のラビリンス　二階堂黎人

世紀の大犯罪者VS.美貌の女探偵!
魔術王事件　二階堂黎人

魔獣VS.名探偵!
双面獣事件　二階堂黎人

宇宙を舞台にした壮大な本格ミステリー
聖域の殺戮　二階堂黎人

第23回メフィスト賞受賞作
クビキリサイクル　西尾維新

新青春エンタの傑作
クビシメロマンチスト　西尾維新

維新を読まずに何を読む!
クビツリハイスクール　西尾維新

〈戯言シリーズ〉最大傑作
サイコロジカル(上)　西尾維新

〈戯言シリーズ〉最大傑作
サイコロジカル(下)　西尾維新

白熱の新青春エンタ!
ヒトクイマジカル　西尾維新

大人気〈戯言シリーズ〉クライマックス!
ネコソギラジカル(上) 十三階段　西尾維新

KODANSHA NOVELS 講談社ノベルス

大人気〈戯言シリーズ〉クライマックス！
ネコソギラジカル（中） 赤き征裁VS.橙なる種 西尾維新

大人気〈戯言シリーズ〉クライマックス！
ネコソギラジカル（下） 青色サヴァンと戯言遣い 西尾維新

JDCトリビュート第一弾
ダブルダウン勘《かん》繰《ぐ》郎《ろう》 西尾維新

JDCトリビュート第二弾
トリプルプレイ助悪郎《スケアクロウ》 西尾維新

維新、全開！
きみとぼくの壊れた世界 西尾維新

維新、全開！
不気味で素朴な囲われた世界 西尾維新

維新、全開！
きみとぼくが壊した世界 西尾維新

維新、全開！
不気味で素朴な囲われたきみとぼくの壊れた世界 西尾維新

新青春エンタの最前線がここにある！
零崎双識の人間試験 西尾維新

新青春エンタの最前線がここにある！
零崎軋識の人間ノック 西尾維新

新青春エンタの最前線がここにある！
零崎曲識の人間人間 西尾維新

魔法は、もうはじまっている！
新本格魔法少女りすか 西尾維新

魔法は、もうはじまっている！
新本格魔法少女りすか２ 西尾維新

魔法は、もうはじまっている！
新本格魔法少女りすか３ 西尾維新

最早只事デハナイ想像力ノ奔流！
ニンギョウがニンギョウ 西尾維新

西尾維新が辞典を書き下ろし！
ザレゴトディクショナル 戯言シリーズ用語辞典 西尾維新

神麻嗣子の超能力事件簿
念力密室！ 西澤保彦

神麻嗣子の超能力事件簿
夢幻巡礼 西澤保彦

神麻嗣子の超能力事件簿
転・送・密・室 西澤保彦

神麻嗣子の超能力事件簿
人形幻戯 西澤保彦

神麻嗣子の超能力事件簿
生贄《いけにえ》を抱く夜《よ》 西澤保彦

神麻嗣子の超能力事件簿
ソフトタッチ・オペレーション 西澤保彦

書下ろし長編
ファンタズム 西澤保彦

大長編レジェンド・ミステリー
十津川警部 愛と死の伝説（上） 西村京太郎

大長編レジェンド・ミステリー
十津川警部 愛と死の伝説（下） 西村京太郎

京太郎ロマンの精髄
竹久夢二 殺人の記 西村京太郎

旅情ミステリー最高潮
十津川警部 帰郷・会津若松 西村京太郎

時を超えた京太郎ロマン
十津川警部 姫路・千姫殺人事件 西村京太郎

西村京太郎初期傑作選Ⅰ
太陽と砂 西村京太郎

西村京太郎初期傑作選Ⅱ
午後の脅迫者 西村京太郎

KODANSHA NOVELS 講談社ノベルス

西村京太郎初期傑作選Ⅲ
おれたちはブルースしか歌わない　西村京太郎

超人気シリーズ
十津川警部「荒城の月」殺人事件　西村京太郎

超人気シリーズ
十津川警部「悪夢」通勤快速の罠　西村京太郎

超人気シリーズ
十津川警部　五稜郭殺人事件　西村京太郎

超人気シリーズ
十津川警部　湖北の幻想　西村京太郎

超人気シリーズ
十津川警部　幻想の信州上田　西村京太郎

超人気シリーズ
十津川警部　金沢・絢爛《けんらん》たる殺人　西村京太郎

超人気シリーズ
十津川警部　トリアージ　生死を分けた石見銀山　西村京太郎

豪快探偵走る
突破　BREAK　西村　健

ノンストップアクション
劫火（上）　西村　健

ノンストップアクション
劫火（下）　西村　健

世紀末本格の大本命！
鬼流殺生祭　貫井徳郎

書下ろし本格ミステリ
妖奇切断譜《ようきせつだんふ》　貫井徳郎

究極のフーダニット
被害者は誰？　貫井徳郎

あの名探偵がついにカムバック！
法月綸太郎の新冒険　法月綸《のりづきりん》太郎《たろう》

「本格」の嫡子が放つ最新作！
法月綸太郎の功績　法月綸太郎

初登場！　ファンタジック異色ミステリー
½の騎士　～harujion～　初野　晴

噂の新本格ジュヴナイル作家、登場！
少年名探偵　虹北恭助《こうほくきょうすけ》の冒険　はやみねかおる

はやみねかおる入魂の少年「新本格」！
少年名探偵　虹北恭助の新冒険　はやみねかおる

はやみねかおる入魂の少年「新本格」！
少年名探偵　虹北恭助の新・新冒険　はやみねかおる

はやみねかおる入魂の少年「新本格」！
少年名探偵　虹北恭助のハイスクール☆アドベンチャー　はやみねかおる

はやみねかおるの大人向けミステリ
赤い夢の迷宮　勇嶺《はやみね》　薫《かおる》

書下ろし本格推理・トリック＆真犯人
十字屋敷のピエロ　東野圭吾

書下ろし渾身の本格推理
宿命　東野圭吾

フェアかアンフェアか!?　異色作
ある閉ざされた雪の山荘で　東野圭吾

異色サスペンス
変身　東野圭吾

究極の犯人当てミステリー
どちらかが彼女を殺した　東野圭吾

未曾有のクライシス・サスペンス
天空の蜂　東野圭吾

名探偵・天下一大五郎登場！
名探偵の掟　東野圭吾

これぞ究極のフーダニット！
私が彼を殺した　東野圭吾

『秘密』『白夜行』へ至る東野作品の分岐点！
悪意 東野圭吾

純粋本格ミステリ
密室ロジック 氷川 透

〝法医学教室奇談〟シリーズ
暁天の星 鬼籍通覧 椹野道流《ふしのみちる》

〝法医学教室奇談〟シリーズ
無明の闇 鬼籍通覧 椹野道流

〝法医学教室奇談〟シリーズ
壺中の天 鬼籍通覧 椹野道流

〝法医学教室奇談〟シリーズ
隻手の声 鬼籍通覧 椹野道流

〝法医学教室奇談〟シリーズ
禅定《ぜんじょう》の弓 鬼籍通覧 椹野道流

〝法医学教室奇談〟シリーズ
亡羊《ぼうよう》の嘆《たん》 鬼籍通覧 椹野道流

第35回メフィスト賞受賞作
天帝のはしたなき果実 古野まほろ

超絶技巧再び！
天帝のつかわせる御矢 古野まほろ

異形にして繊細きわまる青春ミステリ
天帝の愛でたまう孤島 古野まほろ

これが新世紀本格ミステリ！
探偵小説のためのエチュード「水剋火」 古野まほろ

これぞ論理の探偵術
探偵小説のためのヴァリエイション「土剋水」 古野まほろ

第36回メフィスト賞受賞作
ウルチモ・トルッコ 犯人はあなただ！ 深水黎一郎

芸術×本格推理のクロスオーバー
エコール・ド・パリ殺人事件 レザルティスト・モウディ 深水黎一郎

芸術探偵・瞬一郎の事件レポート
トスカの接吻 オペラ・ミステリオーザ 深水黎一郎

錯綜する時間軸と事件の手がかり。その行方は!?
監禁 福田栄一

本格ミステリの精髄！
本格ミステリ02 本格ミステリ作家クラブ・編

2003年本格短編ベスト・セレクション
本格ミステリ03 本格ミステリ作家クラブ・編

2004年本格短編ベスト・セレクション
本格ミステリ04 本格ミステリ作家クラブ・編

2005年本格短編ベスト・セレクション
本格ミステリ05 本格ミステリ作家クラブ・編

2006年本格短編ベスト・セレクション
本格ミステリ06 本格ミステリ作家クラブ・編

2007年本格短編ベスト・セレクション
本格ミステリ07 本格ミステリ作家クラブ・編

2008年本格短編ベスト・セレクション
本格ミステリ08 本格ミステリ作家クラブ・編

第19回メフィスト賞受賞作
煙か土か食い物 舞城王太郎《まいじょうおうたろう》

いまもっとも危険な〝小説〟！
暗闇の中で子供 舞城王太郎

ボーイミーツガール・ミステリー
世界は密室でできている。 舞城王太郎

舞城王太郎のすべてが炸裂する！
九十九十九《ツクモジュウク》 舞城王太郎

第一短編集待望のノベルス化！
熊の場所 舞城王太郎

あなたを駆け抜ける圧倒的スピード感
山ん中の獅見朋成雄《シシミトモナルオ》 舞城王太郎

KODANSHA NOVELS 講談社ノベルス

舞城王太郎が放つ、正真正銘の「恋愛小説」
好き好き大好き超愛してる。 舞城王太郎

殺戮の女神が君臨する！
黒娘 アウトサイダー・フィメール 牧野 修

非情の超絶推理
木製の王子 麻耶雄嵩《まやゆたか》

第37回メフィスト賞受賞作
パラダイス・クローズド THANATOS《タナトス》 汀《みぎわ》こるもの

美少年双子ミステリ
まごころを、君に THANATOS《タナトス》 汀こるもの

恋愛ホラー
フォークの先、希望の後 THANATOS《タナトス》 汀こるもの

本格ミステリの巨大伽藍
作者不詳 ミステリ作家の読む本 三津田信三

衝撃の遺体消失ホラー
蛇棺葬 三津田信三

身体が凍るほどの怪異！
百蛇堂 怪談作家の語る話 三津田信三

本格ミステリーと民俗ホラーの奇跡的融合
凶鳥の如き忌むもの 三津田信三

怪奇にして完全なるミステリー
スラッシャー 廃園の殺人 三津田信三

講談社ノベルス25周年記念復刊！
聖女の島 皆川博子

大人気作家×大人気ゲーム 奇跡のノベライズ
ICO《イコ》—霧の城— 宮部みゆき

ミステリ界に新たな合作ユニット誕生！
ルームシェア 私立探偵・桐山真紀子 宗形キメラ

学園ミステリ・アンソロジー
学び舎は血を招く メフィスト学園1 メフィスト編集部・編

新感覚ミステリ・アンソロジー誕生!!
忍び寄る闇の奇譚 メフィスト道場1 メフィスト編集部・編

本格民俗学ミステリ
吸血鬼の壜詰 【第四赤口の会】 物集高音《もずめたかね》

本格の精髄
すべてがFになる 森 博嗣

硬質かつ純粋なる本格ミステリ
冷たい密室と博士たち 森 博嗣

純白な論理ミステリ
笑わない数学者 森 博嗣

清冽な論理ミステリ
詩的私的ジャック 森 博嗣

論理の美しさ
封印再度 森 博嗣

ミステリィ珠玉集
まどろみ消去 森 博嗣

森ミステリィのイリュージョン
幻惑の死と使途 森 博嗣

繊細なる森ミステリィの冴え
夏のレプリカ 森 博嗣

清冽なる衝撃、これぞ森ミステリィ
今はもうない 森 博嗣

多彩にして純粋な森ミステリィの冴え
数奇にして模型 森 博嗣

最高潮！ 森ミステリィ
有限と微小のパン 森 博嗣

森ミステリィの現在、そして未来。
地球儀のスライス 森 博嗣

森ミステリィの華麗なる新展開
黒猫の三角 森 博嗣

長編本格ミステリー
暗黒凶像　森村誠一

長編本格ミステリー
殺人の祭壇　森村誠一

第33回メフィスト賞受賞
黙過《もっか》の代償　森山赳志《たけし》

長編本格推理
聖フランシスコ・ザビエルの首　柳　広司

第30回メフィスト賞受賞
極限推理コロシアム　矢野龍王

前代未聞の殺人ゲーム
時限絶命マンション　矢野龍王

前代未聞の脱出ゲーム！
箱の中の天国と地獄　矢野龍王

前代未聞の推理ゲーム！
左90度に黒の三角　矢野龍王

完璧な短編集
ミステリーズ　山口雅也

パンク＝マザーグースの事件簿
キッド・ピストルズの慢心　山口雅也

本格ミステリ
続・垂里冴子のお見合いと推理　山口雅也

〝偶然の連鎖〟がノベルスに！
奇偶　山口雅也

〝遊び〟にまつわる異色の短編集！
PLAY　プレイ　山口雅也

傑作忍法帖
甲賀忍法帖　山田風太郎

傑作忍法帖
柳生忍法帖・上　山田風太郎

傑作忍法帖
柳生忍法帖・下　山田風太郎

新シリーズ!!　悪意に満ちた街が崩壊する……。
創造士・俎凄一郎 第一部 ゴースト　山田正紀

講談社ノベルス25周年記念復刊！
敗北への凱旋　連城三紀彦

ノベルス初登場！
怪人21世紀　中野ブロードウェイ探偵ユウ&AI《アイ》　渡辺浩弐

第38回メフィスト賞受賞作
掘割で笑う女　浪人左門あやかし指南　輪渡颯介

新感覚・怪談ミステリ
百物語　浪人左門あやかし指南　輪渡颯介